유리문 안에서

硝子戶の中

나쓰메 소세키
유숙자 옮김

유리문 안에서

硝子戸の中

나쓰메 소세키의
마음 수필

나쓰메 소세키

차례

유리문 안에서 ── 7

입사의 말 ── 115

작가의 생활 ── 119

이상한 소리 ── 127

옮긴이의 말 ── 135

유리문 안에서

1

유리문 안에서 바깥을 내다보면 서리막이를 해 놓은 파초, 빨간 열매를 맺은 낙상홍 가지, 멋대로 우뚝 서 있는 전봇대 같은 게 바로 눈에 띄는데, 그 밖에 딱히 손에 꼽을 만한 건거의 시선에 들어오지 않는다. 서재에 있는 내 시야는 아주 단조로우면서도 아주 좁다.

게다가 나는 작년 말부터 감기에 걸려 바깥출입을 거의하지 않고 매일 이 유리문 안에서만 앉아 지내다 보니, 세상사의 동정을 전혀 알지 못한다. 심사가 편하지 않으니 독서도 별로 하지 않는다. 나는 그저 앉았다 누웠다 하며 하루하루를 보내고 있을 뿐이다.

그러나 내 머리는 때때로 움직인다. 기분도 조금은 바뀐다. 아무리 좁은 세계일지라도 좁은 대로 사건이 벌어진다. 그리고 자그마한 나와 드넓은 세상을 격리시키는 이 유리문 안으로, 이따금 사람이 들어온다. 그들은 내게 뜻밖의 사람이며

내가 예상치 못한 이야기를 하거나 행동을 한다. 나는 흥미 가 득한 눈길로 그들을 맞이하고 배웅한 적이 있다.

나는 이런 이야기를 계속 조금씩 써 볼까 생각한다. 나는 이런 식의 글이, 바쁜 사람들 눈에 얼마나 시시하게 비칠까 염려스럽다. 나는 전차 안에서 주머니의 신문을 꺼내 큼직한 활자에만 눈길을 쏟는 구독자 앞에, 내가 쓴 한가로운 문장을 늘어놓아 지면을 채워 보여 주는 걸 부끄러운 일 중의 하나라고 여긴다. 대개 사람들은 화재나 도둑, 살인 같은 그날그날의 모든 사건 가운데 자신이 중요하다고 생각하는 사건 혹은 자신의 신경을 상당히 자극할 수 있는 신랄한 기사 외에는 신문을 손에 쥐어야 할 필요를 인정하지 않을 만큼 시간의 여유가 없으니까. ─ 그들은 정류장에서 전차를 기다리는 동안 신문을 사고, 전차를 타고 가는 동안 어제 일어난 사회 변화를 알며 그리고 관청이나 회사에 도착하자마자 주머니 속의 신문 내용 따위는 까맣게 잊어버려야 할 만큼 바쁘니까.

나는 지금 이렇듯 겨우 자투리 시간밖에 낼 수 없는 사람들의 경멸을 무릅쓰고 글을 쓴다.

작년부터 유럽에서는 큰 전쟁[1]이 시작되었다. 그리고 그 전쟁이 언제 끝날지 짐작할 수 없는 형편이다. 일본에서도 그 전쟁의 작은 한 부분을 떠맡았다. 그것이 끝나자 이번엔 의회가 해산되었다. 다가올 총선거는 정치계 사람들에게는 중대한 문제가 되고 있다. 쌀값이 너무 떨어진 결과로 농가에 돈이 들어오지 않으니 어디서나 불경기다, 불경기다 하며 불평을 늘어놓는다. 연중행사를 보면 춘계 스모 대회가 조만간 치러

1   1차 세계대전.

질 참이다. 요컨대 세상은 대단히 분주하다. 유리문 안에 가만히 앉아 있는 나 같은 사람은 신문에 얼굴을 좀체 내밀 수 없을 것 같다. 내가 쓰면 정치가나 군인, 기업가, 스모광(狂) 들을 밀어제치고 쓰는 게 된다. 나 혼자만으론 도저히 그럴 만한 담력이 나오지 않는다. 다만 봄에 뭔가 써 보라고 하기에, 자신 이외에 그다지 관계없는 시시한 이야기를 쓰는 것이다. 이것이 언제까지 지속될지는 내 붓의 형편과 지면의 편집 형편이 정하는 것이라 지금으로서는 확실히 추정하기 어렵다.

2

전화가 왔다기에 불려 나가 수화기를 귀에 대고 용건을 물었더니, 어느 잡지사의 남자가 내 사진을 받고 싶은데 언제 찍으러 가면 좋을지 형편을 알려 달라고 한다. 나는 "사진은 좀 곤란한데요."라고 대답했다.

나는 이 잡지와 아무런 관계가 없었다. 그럼에도 과거 삼사 년 동안 한두 귀쯤 들여다본 기억은 있다. 웃고 있는 얼굴만을 잔뜩 싣는 게 특징이라 생각한 것 말고는 지금 머릿속엔 아무것도 남아 있지 않다. 하지만 거기에 실린 억지웃음을 짓고 있는 대부분의 얼굴들이 내게 준 불쾌한 인상은 여태껏 사라지지 않았다. 그래서 나는 거절하려 했다.

잡지사의 남자는 토끼해의 1월호니까 토끼해 사람들의 얼굴을 죽 나열하고 싶다는 희망을 이야기했다. 나는 상대방이 말한 대로 토끼띠가 틀림없었다. 그래서 나는 이렇게 말했다. ―"그 잡지에 내기 위해 찍는 사진이니 반드시 웃어야 되겠지요?"

"아니, 그렇지는 않습니다."라고 상대방은 바로 대답했다. 마치 내가 지금껏 그 잡지의 특성을 오해하고 있었다는 듯이.

"평소 얼굴로도 괜찮다면 실어도 좋아요."

"그럼요, 그래도 상관없습니다."

나는 상대방과 약속 날짜를 잡고 전화를 끊었다.

다다음 날 약속한 시간에, 전화를 걸었던 남자가 멋들어진 양복 차림으로 사진기를 들고 내 서재로 들어왔다. 나는 잠시 그 사람과 그가 몸담고 있는 잡지사에 대해 이야기했다. 그리고 사진을 두 장 찍었다. 한 장은 책상 앞에 앉아 있는 평소의 모습, 한 장은 서리가 내린 추운 뜰에 서 있는 평범한 자세였다. 서재는 빛이 잘 들지 않아서 기계를 설치하고 마그네시아[2]를 피웠다. 타오르는 그 불 바로 앞에서 그는 내 쪽으로 얼굴을 반쯤 내밀고 "약속을 하긴 했습니다만, 어떻게 좀 웃어 주실 수 있겠습니까?"라고 했다. 나는 그때 불쑥 어렴풋이 우스꽝스럽게 느껴졌다. 하지만 동시에 엉뚱한 소리를 하는 남자라는 느낌도 들었다. 나는 "이걸로 됐습니다." 하고 상대방의 주문에는 응하지 않았다. 그가 나를 뜰의 나무 앞에 세우고 렌즈를 내 쪽으로 향했을 때도 다시 아까와 마찬가지로 정중하게 "약속을 하긴 했습니다만, 어떻게 좀……." 하고 똑같은 말을 되풀이했다. 나는 좀 전보다도 더욱 웃을 기분이 아니었다.

그러고 나서 나흘쯤 지나, 그는 우편으로 내 사진을 보내 주었다. 그런데 그 사진은 정말 그가 요구한 대로 웃고 있었

---

2   magnesia. 태우면 흰빛을 띠어 플래시처럼 사진 촬영 때 사용한다.

다. 그때 나는 예상이 빗나간 사람처럼 한참 동안 내 얼굴을 응시했다. 나로서는 아무래도 사진에 손을 대어 웃는 모습으로 만들었다고밖에 볼 수 없었기 때문이다.

나는 혹시나 싶어 집에 오는 네댓 사람에게 그 사진을 내보였다. 그들은 모두 나와 마찬가지로, 어쩐지 일부러 웃게 만든 것 같다는 평가를 내렸다.

나는 태어나 오늘날까지 남 앞에서 웃고 싶지도 않은데 웃어 보인 적이 여러 번 있다. 그 거짓이 지금 이 사진가 때문에 복수를 당한 건지도 모른다.

그는 언짢게 쓴웃음을 짓고 있는 내 사진을 보내 주었지만, 그 사진을 싣겠다고 한 잡지는 끝내 오지 않았다.

3

내가 H 씨로부터 헥토르를 받았을 때를 생각해 보니 어느새 삼사 년 전 일이 되었다. 어쩐지 꿈같은 느낌도 든다.

그때 녀석은 이제 막 젖을 뗀 아기였다. H 씨의 제자는 녀석을 보자기로 감싸 전차를 타고 집까지 데려와 주었다. 나는 그날 밤 녀석을 집 뒤 광 한구석에 뉘었다. 춥지 않게 짚을 깔아 가능한 한 편안한 잠자리를 만들어 준 후에, 나는 광의 문을 닫았다. 그러자 녀석은 초저녁부터 울기 시작했다. 한밤중에는 광의 문을 발톱으로 마구 긁어 대며 밖으로 나오려 했다. 녀석은 어두운 곳에서 저 혼자 자는 게 외로웠는지, 다음 날 아침까지 한숨도 못 잔 기색이었다.

이 불안감은 다음 날 밤에도 이어졌다. 그다음 날 밤도 마찬가지였다. 나는 일주일 남짓 동안 녀석이 짚 위에서 마침내 기분 좋게 잠들 수 있게 되기까지, 밤만 되면 어김없이 녀석이 신경 쓰였다.

우리 집 아이들은 녀석을 신기해하며 틈만 나면 장난감처럼 데리고 놀았다. 하지만 이름이 없는 탓에 녀석을 부를 수가 없었다. 그런데 살아 있는 것을 상대하는 그들에게는 어떻하든지 상대방의 이름을 부르며 놀 필요가 있었다. 그래서 그들은 내게 개 이름을 지어 달라고 조르기 시작했다. 나는 결국 헥토르라는 위대한 이름을 아이들의 친구에게 부여했다.

그것은 『일리아드』에 나오는 트로이에서 가장 용맹스러운 장군의 이름이었다. 트로이와 그리스가 전쟁을 했을 때, 헥토르는 끝내 아킬레우스에게 무너졌다. 아킬레우스는 헥토르에게 죽임을 당한 자기 친구의 복수를 한 것이다. 분노한 아킬레우스가 그리스에서 쳐들어왔을 때, 성안으로 도망치지 않은 이는 헥토르 단 한 사람이었다. 헥토르는 트로이의 성벽을 세 번 돌며 아킬레우스의 창끝을 피했다. 아킬레우스도 트로이의 성벽을 세 번 돌아 그 뒤를 쫓았다. 그리고는 마침내 헥토르를 창으로 찔러 죽였다. 그러고 나서 그의 주검을 자신의 전차에 매달아 질질 끌며 다시 트로이의 성벽을 세 번 돌았다…….

나는 이 위대한 이름을 보자기에 싸여 온 어린 개에게 붙여 준 것이다. 아무것도 모르는 우리 집 아이들도 처음엔 이상한 이름이야, 라고 했다. 하지만 금세 익숙해졌다. 개도 헥토르라고 부를 때마다 기쁜 듯이 꼬리를 흔들었다. 나중에는 그 대단한 이름도 존이나 조지 같은 평범한 기독교 신자의 이름과 마찬가지로 나에게 전혀 고전적인 울림을 주지 않게 되다. 동시에 녀석은 점차 식구들로부터 처음만큼 귀한 대접을 받지 못하게 되었다.

헥토르는 많은 개들이 흔히 걸리는 디스템퍼[3]라는 병 때문에 잠시 입원한 적이 있다. 그때는 아이들이 자주 병문안을 갔다. 나도 병문안을 갔다. 내가 갔을 때 녀석은 자못 반가운 듯 꼬리를 흔들며 그리운 눈길을 내게 던졌다. 나는 쭈그리고 앉아 내 얼굴을 녀석 옆으로 가져가, 오른손으로 녀석의 머리를 쓰다듬어 주었다. 녀석은 그 답례로 내 얼굴 여기저기를 마구 핥아 댔다. 그때 녀석은 내가 보는 앞에서 처음으로 의사가 권하는 우유를 조금 먹었다. 그때까지 고개를 갸우뚱하던 의사도 이 정도라면 어쩌면 나을지도 모르겠다고 했다. 헥토르는 과연 나았다. 그리고 집으로 돌아와서 힘차게 뛰어다녔다.

4

며칠 안 되어 녀석은 친구를 몇 사귀었다. 그중에서 가장 친하게 지낸 건 바로 앞 의사네 집에 있는 비슷한 또래의 말썽꾸러기였다. 이 녀석은 기독교 신자에게 어울리는 존이라는 이름을 가졌는데, 그 성질은 이단자인 헥토르보다도 한참 뒤떨어지는 것 같다. 무턱대고 사람에게 달려들어 무는 버릇이 있었기 때문에 결국 존은 죽임을 당하고 말았다.

녀석은 이 나쁜 친구를 우리 집 뜰로 끌어들여 제멋대로 행패를 부리는 통에 나를 곤혹스럽게 했다. 그들은 연신 나무 밑동을 파헤치고 쓸데없이 큼직한 구덩이를 만들고는 기뻐했

3   distemper, 바이러스 감염병.

다. 예쁜 화초들 위에 일부러 나뒹굴면서 꽃이건 줄기건 사정
없이 분질러 떨어뜨리곤 했다.

존이 죽고 나서 심심해진 녀석은 밤과 낮의 놀이를 익히
게 되었다. 산책하러 나갈 때 나는 자주 파출소 옆에서 해바
라기를 하고 있는 녀석을 보았다. 그래도 집에만 있으면 수상
쩍은 사람에겐 곧잘 으르렁댔다. 그 가운데 가장 맹렬하게 녀
석의 공격을 받은 이는, 혼조(本所) 인근에서 오는 열 살 남짓
한 떠돌이 아이였다. 이 아이는 언제나 "오늘도 축하해요." 하
고 들어온다. 그리고는 집에 있는 사람들한테서 어김없이 빵
조각과 일 전짜리 동전을 받지 않고서는 절대 돌아가지 않겠
노라고 저 혼자 작정하고 있는 것이다. 그래서 헥토르가 아무
리 짖어 대도 도망가지 않았다. 도리어 헥토르가 으르렁거리
며 꼬리를 가랑이 사이에 집어넣고 광 쪽으로 물러나기 일쑤
였다. 요컨대 헥토르는 겁쟁이였다. 그리고 품행으로 말하자
면 들개와 별반 다를 바 없을 정도로 타락해 있었다. 그럼에도
녀석들에게 공통된, 즉 사람을 잘 따르는 애정은 언제나 잃지
않았다. 이따금 얼굴을 마주하면 녀석은 반드시 꼬리를 흔들
며 내게 달려와 매달렸다. 또는 제 등을 내 몸에다 마구 비비
댔다. 나는 녀석의 흙발 때문에 옷이며 외투가 여러 번 더럽혀
지곤 했다.

작년 여름부터 가을에 걸쳐 병을 앓았던 나는 한 달 남짓
헥토르를 만날 기회를 갖지 못한 채 지냈다. 병이 차츰 호전되
어 자리를 털고 바깥으로 나올 수 있게 되고 나서, 나는 그제
야 다실 툇마루에 서서 초저녁 어스름에 녀석의 모습을 발견
했다. 나는 곧 녀석의 이름을 불렀다. 그러나 산울타리 둥치에
가만히 웅크리고 앉은 녀석은 내가 아무리 다정스레 불러도

전혀 응하지 않았다. 녀석은 고개도 돌리지 않고 꼬리도 흔들지 않고 그저 하얀 덩어리 그대로 울타리에 딱 들러붙어 있을 뿐이었다. 나는 한 달 남짓 못 만난 사이에 녀석이 벌써 주인의 목소리를 잊어버렸나 싶어 어렴풋이 애수를 느끼지 않을 수 없었다.

아직 가을 초입이라서 방마다 덧문을 닫지 않고 활짝 열어젖힌 집 안에서 별빛이 잘 보이는 밤이었다. 내가 서 있는 다실 툇마루에는 식구가 두세 명 있었다. 하지만 내가 헥토르의 이름을 불러도 그들은 돌아다보지도 않았다. 내가 헥토르에게 잊힌 것처럼 그들 또한 헥토르를 전혀 마음에 두고 있지 않는 듯 여겨졌다.

나는 말없이 방으로 돌아와서 자리에 깔린 이불 위에 누웠다. 병을 앓은 후 나는 계절에 걸맞지 않게 두툼한 까만색 솜 잠옷을 입고 있었다. 나는 옷을 벗는 게 성가셔서 그대로 반듯이 누워 손을 가슴 위에 깍지 낀 채 잠자코 천장을 응시했다.

5

다음 날 아침 서재의 툇마루에 서서 초가을 뜰을 둘러보다가, 나는 또 우연히 녀석의 하얀 모습을 이끼 위에서 발견했다. 나는 어제저녁의 실망을 되풀이하는 게 꺼려져, 일부러 녀석의 이름을 부르지 않았다. 하지만 선 채로 물끄러미 녀석의 모습을 지켜보지 않을 수 없었다. 녀석은 나무의 밑둥치에 자리 잡은 돌그릇 안으로 목을 들이밀어, 거기에 고인 빗물을 홀짝홀짝 마시고 있었다.

이 돌그릇은 언제 누가 가져왔는지 알 수 없지만, 뒤뜰 구석에 나뒹구는 걸 이사했을 때 정원사에게 일러 지금의 위치로 옮기도록 한 것이다. 육각형인데 그 무렵은 이끼가 잔뜩 돋아나, 옆구리에 새겨진 글자도 거의 읽을 수 없을 정도였다. 그러나 나는 옮기기 전에 한 번 똑똑히 그걸 읽은 기억이 있다. 그리고 그 기억이 문자로는 머리에 남지 않고 묘한 감정으로 여전히 가슴속을 오가고 있었다. 거기에는 절과 부처 그리고 무상(無常)이라는 냄새가 풍겼다.

헥토르는 기운 없이 꼬리를 늘어뜨리고 내 쪽으로 등을 돌리고 있었다. 돌그릇에서 물러났을 때, 나는 녀석의 입에서 흘러내리는 침을 보았다.

"무슨 수를 써야 할 텐데. 병에 걸렸으니까."라고 말하며 나는 간호사를 돌아다보았다. 나는 그때 아직 간호사를 두고 있었다.

나는 다음 날도 속새 더미에 누워 있는 녀석을 언뜻 보았다. 그리고 똑같은 말을 간호사에게 되풀이했다. 하지만 헥토르는 그때 이후로 모습을 감추었고 두 번 다시 집으로 돌아오지 않았다.

"의사 선생님께 데려가려고 찾았는데 통 보이질 않네요."

집사람은 이렇게 말하며 내 얼굴을 보았다. 나는 아무 말도 하지 않았다. 그러나 마음속에선 녀석을 얻어 왔던 당시의 일이 떠올랐다. 신고서를 제출할 때 품종이라는 글자 밑에 '혼혈'이라 쓰고, 색깔이라는 글자 밑에 '붉은 반점'이라 썼던 우스꽝스러운 일도 아련히 가슴에 번졌다.

녀석이 사라지고 나서 일주일이나 지났을 무렵, 조금 동떨어진 어느 집에서 하녀가 심부름을 왔다. 그 집 마당에 있는 연못에 개의 사체가 떠 있기에 건져 올려 목걸이를 살펴봤더니, 우리 집 이름이 새겨져 있기 때문에 알려 주러 왔다는 것이다. 하녀는 "저희가 묻을까요?" 하고 물었다. 나는 곧장 인력거꾼을 보내 녀석을 데려오게 했다.

나는 하녀를 일부러 심부름 보낸 그 집이 어디에 있는지 알지 못했다. 다만 내가 어릴 적부터 기억하는 오래된 절 옆일 것이라고만 생각했다. 그곳은 야마가 소코[4]의 묘가 있는 절로, 산문(山門) 바로 앞에 막부 시대의 기념처럼 늙은 팽나무 한 그루가 서 있는데, 그 모습이 내 서재의 북쪽 툇마루에서 수많은 지붕 너머로 잘 보였다.

인력거꾼은 멍석에다 헥토르의 사체를 둘둘 말아서 돌아왔다. 나는 굳이 다가가지 않았다. 하얀색 작은 나무 묘표를 사 오게 하여 거기에 '가을바람 들리지 않는 터에 묻어 주노라.'[5] 라는 시 한 구절을 적었다. 나는 그걸 일꾼에게 건네주며 헥토르가 잠든 땅 위에 세우게 했다. 녀석의 무덤은 고양이 무덤의 동북쪽이라서 이 미터쯤 떨어져 있지만, 내 서재의 춥고 햇빛이 들지 않는 북쪽 툇마루로 나가 서리가 내려 스산해진 뒤뜰을 유리문 안에서 내다보면 두 개 모두 잘 보인다. 이미 거뭇거뭇 썩기 시작한 고양이의 것에 비하면 헥토르의 것은 아직 생생하게 반들거린다. 하지만 머지않아 둘 다 똑같은 색깔로 바래고 낡아, 똑같이 사람들 눈에 띄지 않게 되겠지.

---

4   야마가 소코(山鹿素行, 1622~1685): 에도 시대의 유학자, 군사학자.
5   1914년 작. 시 앞에 '나의 개를 위하여, 10월 31일'이라고 썼다.

6

나는 그 여자를 통틀어 네다섯 번 만났다.

처음 그녀가 찾아왔을 때 나는 부재중이었다. 시중드는
이가 소개장을 가지고 오라고 주의를 주었더니, 그녀는 딱히
그런 걸 받을 데가 없다며 돌아갔다고 한다.

그러고 나서 다음 날인가, 여자는 편지로 직접 내 형편을
물어왔다. 그 편지 봉투로 나는 여자가 바로 엎드리면 코 닿을
곳에 살고 있다는 걸 알았다. 나는 곧 답장을 써서 만날 날짜
를 정해 주었다.

여자는 약속 시간을 어기지 않고 왔다. 떡갈나무 무늬에
화려한 빛깔의 비단 겉옷을 입고 있는 것이 제일 먼저 내 눈에
비쳤다. 여자는 내가 쓴 것들을 거의 읽은 모양이었다. 그래서
이야기는 주로 그런 쪽으로만 흘러갔다. 하지만 초면인 사람
에게서 자신의 작품에 대해 찬사만 듣는 건 고마우면서도 매
우 낯간지러운 법이다. 솔직히 말해 나는 질렸다.

일주일 지나 여자는 다시 왔다. 그리고 내 작품을 또 칭찬
해 주었다. 그렇지만 내 마음은 뇌레 그런 화제를 피하고 싶었
다. 세 번째 왔을 때 여자는 무언가에 감정이 격해진 듯, 소맷
자락에서 손수건을 꺼내 연신 눈물을 닦았다. 그러고는 내게
지금까지 거쳐 온 자신의 슬픈 역사를 써 주지 않겠느냐고 부
탁했다. 하지만 그 이야기를 듣지 못한 나는 무어라 대답을 할
수도 없었다. 나는 여자에게, 가령 그런 글을 쓴다면 혹시라도
입장이 난처해질 사람이 나오지나 않을지 물어보았다. 여자
는 뜻밖에 분명한 어조로, 실명만 쓰지 않으면 상관없다고 대
답했다. 그래서 나는 아무튼 그녀의 이력을 듣기 위해 특별히

시간을 마련했다.

　그런데 그날이 되어 여자는 나를 만나고 싶어 하는 다른 여자를 데려와, 자신의 이야기는 요다음으로 미루었으면 한다고 말했다. 나는 애당초 그녀의 약속 위반을 나무랄 마음은 없었다. 두 사람을 상대로 세상 이야기를 하고 헤어졌다.

　그녀가 마지막으로 내 서재에 앉은 건 그다음 날 밤이었다. 그녀는 자기 앞에 놓인 작은 화로의 오동나무 재를 놋쇠 부젓가락으로 들쑤시며 슬픈 신상 이야기를 시작하기 전에 잠자코 있는 내게 이렇게 말했다.

　"지난번엔 흥분해서 제 이야기를 써 주십사 말씀드렸습니다만, 없던 일로 하겠습니다. 다만 선생님께 들려 드리기만 할 테니까, 아무쪼록 그리 아시고……."

　나는 그 말에 이렇게 대답했다.

　"당신의 허락을 얻지 않는 이상, 설사 아무리 쓰고 싶은 내용이 나와도 절대 쓸 생각은 없으니 안심하세요."

　내가 충분히 보증해 주었으므로 여자는 그럼, 하고 자신의 칠팔 년 전부터의 이력을 이야기하기 시작했다. 나는 말없이 여자의 얼굴을 지켜보고 있었다. 하지만 여자는 대개 눈을 내리깔고 화로 속만 바라보고 있었다. 그리고 예쁜 손가락으로 놋쇠 부젓가락을 잡고서 잿더미에 찔러 넣었다.

　더러 이해가 잘 안 되는 대목이 나오면, 나는 여자에게 짧은 질문을 던졌다. 여자 또한 간단히 내가 납득할 수 있게 대답했다. 그러나 대부분 여자 혼자 이야기를 했기 때문에 나는 오히려 목상처럼 가만히 있을 뿐이었다.

　이윽고 여자의 뺨이 달아올라 발개졌다. 분을 마르지 않은 탓인지, 달아오른 뺨의 빛깔이 유난히 내 눈에 띄었다. 고개를 숙인 탓에 풍성한 검은 머리카락도 자연스레 내 주의를 끌기에 충분했다.

7

여자의 고백은 듣고 있는 나를 숨 막히게 할 정도로 비통하기 짝이 없었다. 그녀는 나를 향해 이런 질문을 던졌다.

"만약 선생님께서 소설을 쓰실 경우엔 그 여자의 마지막을 어떻게 하실 건가요?"

나는 답변이 궁했다.

"여자가 죽는 편이 낫다고 생각하시나요, 아니면 살아가도록 쓰실 건가요?"

나는 어느 쪽으로든 다 쓸 수 있다고 대답하고, 몰래 여자의 기색을 살폈다. 여자는 좀 더 확실한 응답을 내게 요구하는 것 같았다. 나는 어쩔 수 없이 이렇게 대답했다.

"산다는 것을 인간의 중심점이라 생각한다면 그렇게 한들 지장이 없겠지요. 하지만 아름다움이나 고상함을 앞세우고 인간을 평가한다면 문제가 달라질지도 모릅니다."

"선생님은 어느 쪽을 선택하시겠어요?"

나는 또 망설였다. 잠자코 여자가 하는 이야기를 듣고 있는 수밖에 없었다.

"전 지금 지니고 있는 이 아름다운 기분이, 시간이라는 것 때문에 점점 흐릿해져 가는 게 무서워 견딜 수 없어요. 이 기억이 사라져 버리고 그저 멍하니 영혼의 빈껍데기처럼 살아갈 미래를 상상하면, 너무나 고통스럽고 두려워서 참을 수 없

어요."

나는 여자가 지금 드넓은 세상 한가운데 홀로 서서 옴짝 달싹할 수 없는 위치에 있다는 걸 알았다. 그리고 그것이 내 힘으로 어떻게 해 볼 수도 없을 만큼 막다른 상황이라는 것도 알고 있었다. 나는 어떻게 손쓸 도리가 없는 타인의 고통을 방관하는 위치에 놓인 채 가만히 있었다.

나는 약 먹는 시간을 가늠하기 위해 손님 앞을 가리지 않고 늘 회중시계를 방석 옆에 두는 버릇이 있었다.

"벌써 11시니까 돌아가세요." 하고 나는 마침내 여자에게 말했다. 여자는 싫은 내색도 않고 일어섰다. 나는 다시 "밤이 깊었으니 배웅해 드리지요." 하고 여자와 함께 마루를 내려섰다.

그때 아름다운 달이 고요한 밤을 구석구석 비추고 있었다. 거리로 나오자, 조용한 땅 위를 울리는 게다 소리는 전혀 들리지 않았다. 나는 양손을 품에 질러 넣고 모자도 쓰지 않은 채, 여자의 뒤를 따라갔다. 길모퉁이에서 여자는 머리를 살짝 숙여 인사하며 "선생님께 배웅을 받다니 과분합니다."라고 말했다. "과분할 리가 없습니다. 똑같은 사람입니다."라고 나는 대답했다.

다음 길모퉁이에 이르렀을 때 여자는 "선생님께 배웅을 받는 건 영광입니다." 하고 거듭 말했다. 나는 "정말로 영광이라 생각합니까?" 하고 진지하게 물었다. 여자는 간단히 "그렇습니다." 하고 분명히 대답했다. 나는 "그렇다면 죽지 말고 살아 계세요."라고 말했다. 나는 여자가 이 말을 어떻게 해석했는지 알지 못한다. 나는 그러고 나서 조금 더 걷다가 다시 집으로 되돌아왔다.

숨이 막힐 듯 괴로운 이야기를 들은 나는, 그날 밤 오히려 인간다운 흐뭇한 기분을 오랜만에 경험했다. 그리고 그것이 고귀한 문예 작품을 읽은 뒤의 기분과 똑같은 것이라는 사실을 깨달았다. 유라쿠자(有樂座)나 제국극장에 가서 우쭐해했던 자신의 과거 그림자가 왠지 한심하게 느껴졌다.

8

불쾌함으로 가득한 인생을 터벅터벅 더듬어 가는 나는, 자신이 언젠가 한 번 도착하게 될 죽음이라는 경지에 대해 늘 생각하고 있다. 그리고 그 죽음이라는 것을 삶보다는 편안한 거라고만 믿고 있다. 어떤 때는 그게 인간으로서 도달할 수 있는 최상의 지고한 상태라 여겨지기도 한다.

"죽음은 삶보다 고귀하다."

이러한 말이 근래 끊임없이 내 가슴을 오가고 있다.

그러나 현재의 나는 지금 눈앞에 살아 있다. 나의 부모, 나의 조부모, 나의 증조부모, 그리고 순서대로 거슬러 올라가 백년, 이백 년, 나아가 천년만년 동안 길들여진 습관을 나의 일대에서 해탈할 수 없기 때문에, 나는 여전히 이 삶에 집착하는 것이다.

그러므로 내가 타인에게 주는 조언은 아무래도 이 삶이 허락하는 범위 내에서 하지 않으면 안 될 것 같다. 어떻게 살아갈 것인가라는 좁은 구역 안에서만, 나는 인류의 한 사람으로서 인류의 다른 한 사람과 마주해야 한다고 생각한다. 이미 삶속에 활동하는 자신을 인정하고 또한 그 삶 속에 호흡하는 타인을 인정하는 이상, 아무리 괴로워도 아무리 추해도 서로의 근본 의의는 이 삶 위에 놓여 있다고 해석하는 게 당연하니까.

"만약 살아 있는 게 고통이라면 죽는 게 낫겠지요."

이러한 말은 아무리 몰인정하게 세상을 바라보는 사람의 입에서도 들을 수 없으리라. 의사는 편안한 잠을 향해 가려는 환자에게 일부러 주삿바늘을 꽂아 환자의 고통을 잠시라도 연장시킬 궁리를 짜내고 있다. 이처럼 고문에 가까운 처사가 인간의 도의로서 허용되는 걸 보더라도, 얼마나 끈질기게 우리가 삶이라는 글자에 집착하고 있는지 알 수 있다. 나는 끝내 그 사람에게 죽음을 권할 수가 없었다.

그 사람은 도저히 회복될 가망이 없을 정도로 깊은 가슴의 상처를 안고 있었다. 동시에 그 상처가 보통 사람은 경험하기 힘든 아름다운 추억이 되어 그 사람의 얼굴을 눈부시게 했다.

그녀는 그 아름다운 것을 보석처럼 소중하게 영원히 자신의 가슴속 깊이 꼭 그러안고 있고 싶어 했다. 불행히도 그 아름다운 것은 바로 그녀를 죽음 이상으로 괴롭히는 상처 그 자체였다. 이 두 가지는 종이의 앞뒷면처럼 도저히 뗄 수가 없다.

나는 그녀에게 모든 걸 치유하는 '시간'의 흐름에 따르라고 말했다. 그녀는 만약 그렇게 한다면 이 소중한 기억이 서서히 바래어 갈 거라며 안타까워했다.

공평한 '시간'은 소중한 보물을 그녀의 손에서 빼앗는 대신, 그 상처도 서서히 치유해 주는 것이다. 격렬한 삶의 환희를 꿈처럼 아스라이 지워 버리는 동시에 지금의 환희에 따르는 생생한 고통을 덜어 주는 일도 게을리 하지 않는다.

나는 깊은 연애에 뿌리내린 열렬한 기억을 빼앗더라도, 그녀의 상처에서 뚝뚝 떨어지는 피를 '시간'이 닦아 내 주길 바랐다. 아무리 평범해도 살아가는 편이 죽는 것보다는 내가 본 그녀에게 적절했기 때문이다.

이처럼 항상 삶보다도 죽음이 고귀하다고 믿는 나의 희망과 조언은, 끝내 이 불쾌함으로 가득한 삶이라는 걸 초월할 수 없었다. 더욱이 내게는 그것이 실행에 있어서 자신을, 범용한 자연주의자임을 뒷받침해 주는 것만 같았다. 나는 지금도 반신반의하는 눈길로 자신의 마음을 가만히 바라보고 있다.

9

내가 고등학교에 다닐 무렵 비교적 가깝게 사귄 친구 가운데 O라는 사람이 있었다. 그 당시부터 친구가 그리 많지 않았던 나는, 자연스레 O와 빈번하게 왕래를 하였다. 나는 대개 일주일에 한 번꼴로 그를 방문했다. 어느 해 여름 방학 때는 매일 어김없이 마사고초(眞砂町)에서 하숙하는 그를 불러내어 오카와(大川)의 수영장까지 갔다.

O는 도호쿠(東北) 지방 사람이라서 말투가 나와는 달리 느리면서 여유로운 느낌이 있었다. 그리고 그 어조가 참으로 그의 기질을 잘 드러내 주는 듯 여겨졌다. 여러 번 그와 논쟁을 벌인 기억이 있는 나는, 끝내 그가 화를 내거나 흥분하는 얼굴을 한 번도 보지 못했다. 나는 이것만으로도 충분히 그를 존경할 만한 덕이 높은 사람으로 인정했다.

그의 기질이 대범한 것처럼 그의 두뇌도 나보다는 훨씬 비상했다. 그는 항상 당시의 내가 전혀 생각지도 못한 문제를 혼자 생각하고 있었다. 그는 처음부터 이과에 들어갈 목표를

지니고 있으면서도 철학 서적을 즐겨 읽었다. 나는 언젠가 그에게 스펜서의 『제1원리』[6]라는 책을 빌렸던 일을 아직도 잊지 않고 있다.

하늘이 더없이 맑고 쾌청한 가을날에는 둘이서 나란히 발길 닿는 대로 이런저런 이야기를 하면서 자주 걷곤 했다. 그럴 때면 담장을 넘어 길 쪽으로 뻗친 나뭇가지에서 노랗게 물든 작은 이파리가, 바람도 없는데 팔랑팔랑 떨어지는 풍경을 자주 보았다. 그 모습이 우연히 그의 눈에 띄었을 때 그는 "앗, 알았다!" 하고 나지막이 외친 적이 있었다. 그저 가을 빛깔의 허공에서 움직이는 걸 아름답다고 보는 것 말고는 달리 재주가 없는 나는, 그의 말이 봉인된 무슨 비밀 기호인 듯 기이한 울림을 귀로 느낄 뿐이었다. "깨달음이란 참 묘해." 그러고 나서 그가 평소의 느긋한 어조로 혼잣말처럼 설명했을 때도, 나는 한마디 대꾸조차 할 수 없었다.

그는 가난한 학생이었다. 오간논(大觀音) 옆에 방을 빌려 자취할 무렵에는, 말린 연어를 구워 쓸쓸한 식탁 앞에 자주 나를 앉혔다. 어떤 때는 찹쌀떡 대신 콩자반을 사와, 죽순 껍질에 담긴 채로 양쪽에서 서로 집어먹었다.

대학을 졸업한 지 얼마 안 되어 그는 지방의 중학교에 부임했다. 나는 그를 위해 이 일을 안타깝게 여겼다. 그러나 그를 알지 못하는 대학의 선생들에겐 그게 오히려 당연하게 보였는지도 모른다. 그 자신은 물론 태연했다. 그러고 나서 몇 년인가 후에 아마도 삼 년 계약으로 지나(支那)의 어느 학교 교사로 채용되어 갔는데, 임기를 채우고 돌아오자마자 다시

6   Herbert Spencer(1820~1903)의 저서 『First Principles』(1862).

국내의 중학교 교장이 되었다. 그것도 아키타(秋田)에서 요코테(橫手)로 옮겼다가, 지금은 가바후토(樺太)[7]에서 교장을 하고 있다.

작년에 상경한 김에 오랜만에 나를 찾아 주었을 때, 안내인에게서 명함을 받아 든 나는 곧바로 객실로 나가, 늘 하던 대로 손님보다 먼저 자리에 앉아 있었다. 그러자 복도를 따라 방 입구까지 온 그는 방석 위에 얌전히 앉아 있는 내 모습을 보자마자 "엄청 점잔 빼고 있군." 했다.

그때 상대방의 말이 채 끝나기도 전에 "응."이라는 대답이 어느새 절로 내 입 밖으로 나와 버렸다. 제 험담을 스스로 긍정하는 이 대꾸가 어째서 그토록 자연스럽게, 그토록 꾸밈없이, 그토록 허물없이 술술 내 목구멍을 미끄러지듯 넘어온 걸까. 나는 그때 투명하고 흐뭇한 기분이었다.

10

서로 마주 보고 앉은 O와 나는 무엇보다 먼저 서로의 얼굴을 살피며, 거기에 아직 예전 그대로의 모습이 그리운 꿈의 기념처럼 남아 있는 걸 확인했다. 하지만 그것은 마치 옛 마음이 새로운 기분 속에 아련히 깃들어 있는 것과 같아서 어둑하니 온통 뿌예져 있었다. 무서운 '시간'의 위력에 저항해 또다시 옛날 모습으로 돌아가는 것은 두 사람에겐 이미 불가능했다. 두 사람은 헤어진 이후 오늘 만나기까지 그사이에 끼어 있

7   현재 러시아의 사할린, 보통 '가라후토'라고 불린다.

는 과거라는 신기한 것을 되돌아보지 않을 수 없었다.

O는 예전에 사과처럼 붉은 뺨과 다른 사람보다 배나 더 크고 동그란 눈, 그리고 여자에게 어울릴 법한 둥그스름한 윤곽의 얼굴을 지녔었다. 지금 봐도 역시나 붉은 뺨과 동그란 눈, 여전히 모나지 않은 윤곽의 소유자이긴 하지만 그게 어딘가 옛날과는 다르다.

나는 그에게 내 콧수염과 귀밑털을 보여 주었다. 그 또한 나를 위해 자신의 머리를 쓰다듬어 보였다. 내 것은 하얘지고 그의 것은 조금씩 벗어지고 있다.

"인간도 가바후토까지 간다면 이젠 더 이상 갈 데가 없겠군." 하고 내가 놀리자, 그는 "그래, 그런 셈이지."라고 대답하고는 내가 아직 본 적이 없는 가바후토 이야기를 이것저것 들려주었다. 하지만 나는 지금 그걸 죄다 잊어버렸다. 여름엔 아주 좋은 곳이라는 걸 기억할 뿐이다.

나는 몇 년 만에 그와 함께 밖으로 나갔다. 그는 프록코트 위에 소매 없는 모직 외투를 불룩하니 입고 있었다. 그리고 전차 안에서 손잡이를 잡은 채 호주머니에서 손수건으로 감싼 걸 꺼내 내게 보여 주었다. 나는 "뭔가?" 하고 물었다. 그는 "밤 과자."라고 대답했다. 밤 과자는 아까 그가 우리 집에 있을 때 접대한 과자였다. 그가 어느 틈에 그걸 손수건에 싸 왔을까 생각했을 때, 나는 조금 놀랐다.

"그 밤 과자를 가져온 건가?"

"그럴지도 모르지."

그는 놀란 내 모습을 무시하는 듯한 투로 이렇게 말하고는 그 손수건 꾸러미를 다시 호주머니에 십어넣어 버렸다.

우리는 그날 밤 제국극장에 갔다. 내가 구입한 두 장의 표에는 북쪽으로 들어가라는 주의 사항이 적혀 있었지만 그만 실수로 남쪽으로 돌아가려 할 때, 그는 "그쪽이 아니야." 하고 내게 일러 주었다. 나는 잠시 멈춰 서서 생각하고는 "역시나 방향은 가바후토 쪽이 확실한 것 같네."라고 말하며 다시 지정된 입구 쪽으로 되돌아갔다.

그는 처음부터 제국극장을 알고 있었다고 했다. 그러나 저녁 식사를 마친 후 자기 자리로 돌아가려 할 때, 누구라도 그렇듯이 2층과 1층 문을 착각해 나의 웃음거리가 되었다.

이따금 호주머니에서 금테 안경을 꺼내 인쇄물을 손에 들고 읽던 그는, 그 안경을 벗지 않은 채 먼 무대를 태연히 바라보았다.

"그건 돋보기 아닌가? 그걸로 먼 데를 잘도 보는군."

"차부도일세."

나는 이 차부도의 의미를 전혀 알지 못했다. 그는 그게 큰 차이가 없다는 지나말[8]이라고 설명해 주었다.

그날 밤 집으로 돌아오는 전차 안에서 나와 헤어지고 나서, 그는 다시 춥고 먼 일본 땅 북쪽 변두리로 떠났다.

나는 그를 떠올릴 때마다 나쓰진(達人)이라는 그의 이름을 생각한다. 그러면 하늘이 특별히 그를 위해 그 이름을 내려준 것 같은 기분이 든다. 그래서 그 다쓰진이 눈과 얼음에 갇힌 북쪽 끝에서 아직도 중학교 교장을 맡고 있는 거라고 생각한다.

8   중국어 '差不多'를 말한다.

어떤 부인이 어떤 여자를 내게 소개했다.

"뭔가 글 쓴 걸 보여 드리고 싶다는데요."

나는 부인의 이 말에, 머릿속으로 이것저것 생각하게 되었다. 지금까지 내게 자기가 쓴 걸 읽어 달라고 찾아온 사람은 여럿 있다. 그 가운데는 원고지 두께가 3센티미터에서 6센티미터 정도로 꽤 분량이 되는 것도 섞여 있었다. 그걸 나는 되도록 시간 형편이 허락하는 한 읽었다. 그리고 단순한 나는 그저 읽기만 하면 자신이 부탁받은 의무를 다했노라 생각하고 흡족해했다. 그런데 상대방은 나중에 신문에 나오게 해 달라고 하거나 잡지에 게재해 달라고 부탁하기 일쑤였다. 그중에는 남에게 읽히는 건 수단일 뿐 원고를 돈으로 바꾸는 게 본래 목적인 듯 여겨지는 이도 적지 않았다. 나는 모르는 사람이 쓴 읽기 힘든 원고를 호의적으로 읽는 것이 점점 싫어졌다.

하기는 교사 생활을 하던 무렵에 비하면, 내 시간에 다소 탄력이 생긴 건 틀림없었다. 그렇지만 자신의 작업에 임할 때면 마음속으론 무척이나 분주했다. 친절을 베풀어 봐 주겠노라 약속한 원고조차 좀처럼 뜻대로 되지 않는 경우도 없지 않았다.

나는 내 머릿속에서 생각한 것을 그대로 부인에게 이야기했다. 부인은 내 말의 의미를 잘 알아듣고 돌아갔다. 약속한 여자가 우리 집 객실에 와서 방석 위에 앉은 것은 그 후 얼마 지나지 않아서였다. 쓸쓸한 비가 금세라도 쏟아질 것 같은 어두운 하늘을 유리 문 너머로 바라보며 나는 여자에게 이런 이야기를 했다.

"이건 사교가 아닙니다. 서로 듣기 좋은 이야기만 주고받는다면, 아무리 시간이 지난들 계발될 리도 없고 이로움을 얻을 수도 없습니다. 당신은 힘껏 정직해지지 않으면 안 됩니다. 스스로 충분히 개방해 보여 주면, 지금 당신이 어디에 서서 어느 쪽을 향하고 있는지 그 실제 모습이 제게 잘 보이게 됩니다. 그러했을 때 저는 비로소 당신을 지도할 수 있는 자격을 당신한테서 부여받았다고 자각해도 거리끼지 않을 것입니다. 그러므로 제가 무슨 말을 하거든, 마음속에 대답할 만한 무언가를 지니고 있는 이상 결코 침묵해서는 안 됩니다. 이런 말을 하면 웃음거리가 되지는 않을까, 창피를 당하지는 않을까, 또는 무례하다고 화를 내지는 않을까 하고 너무 조심한 나머지 상대방에게 자신의 정체를 온통 까맣게 색칠한 구석만 내보일 궁리를 한다면, 제가 아무리 당신에게 도움을 주려고 애써 봤자 제가 쏘는 화살은 모조리 빗나가게 될 뿐입니다.

이는 제가 당신에게 요구하는 것이지만, 그 대신 제 쪽에서도 저 자신을 감추지 않겠습니다. 있는 그대로를 고스란히 드러내는 것 말고는, 당신을 가르칠 방법이 없습니다. 따라서 저의 가르침 어딘가에 빈틈이 있어서 만약 당신에게 그 빈틈을 간파당한다면, 저는 당신에게 제 약점을 잡혔다는 의미에서 패배하는 결과가 되는 것입니다. 가르침을 받는 사람만이 자신을 개방할 의무가 있다고 생각하는 것은 잘못된 겁니다. 가르치는 사람도 자신을 당신 앞에 솔직히 털어놓습니다. 양쪽 모두 사교를 떠나 서로 꿰뚫는 것입니다.

그런 까닭에 저는 앞으로 당신이 쓴 것을 읽을 때, 상당히 혹독한 말을 과감히 할지도 모르겠는데 그렇다고 화를 내면 안 됩니다. 당신의 감정을 해치려고 하는 말이 아니니까요. 그

대신 당신 쪽에서도 납득이 안 가는 구석이 있거든 끝까지 매섭게 추궁하세요. 당신이 저의 본뜻을 충분히 이해하는 이상, 저는 절대로 화내지 않을 테니까요.

요컨대 이것은 그저 현상 유지를 목표로 삼아 피상적인 원활함을 우위에 두는 사교와는 완전히 다른 것입니다. 알겠습니까?"

여자는 알겠다고 말하고 돌아갔다.

12

내게 단자쿠(短冊)⁹를 써 달라, 시를 써 달라고 하면서 찾아오는 사람들이 있다. 그러고는 미처 승낙도 하기 전에 그 단자쿠며 비단 천 따위를 보내온다. 처음엔 모처럼의 희망을 헛되이 하는 것도 좀 안됐다는 생각에서, 서툰 글씨라고 생각은 하면서도 상대방이 시키는 대로 썼다. 하지만 이런 호의는 오래 지속되기 힘든 법인지라, 점점 많은 사람들의 의뢰를 헛되이 하는 경향이 짙어졌다.

나는 심지어 모든 인간은 매일매일 창피를 당하기 위해 태어난 거라고 생각할 때도 있는 탓에, 이상한 글씨를 남에게 보내 주는 일은 굳이 하려고 마음먹으면 못 할 것도 없다. 하지만 내가 아플 때나 일이 바쁠 때 또는 그런 일이 내키지 않을 때, 그러한 주문이 잇달아 들어오면 사실 난처해진다. 그들 대부분은 내가 전혀 모르는 사람인 데다, 자기들이 보낸 단자

---

9   붓으로 일본 전통시를 쓰는 데 사용하는 두꺼운 종이.

쿠를 다시 돌려보내는 나의 수고로움 따위는 아예 안중에도 없는 듯 보이기 때문에.

그중에서 가장 나를 불쾌하게 한 것은 반슈(播州)의 사고시(坂越)에 있는 이와자키(岩崎)라는 사람이었다. 이 사람은 몇 년 전 자주 엽서로 내게 하이쿠를 써 달라고 부탁하기에 그때마다 그쪽이 원하는 대로 써 보낸 기억이 있는 남자다. 그후에 그는 다시 얇고 네모난 소포를 내게 보냈다. 나는 그걸 뜯어보는 것조차 성가시기에 그냥 그대로 서재에 내버려 두었는데, 하녀가 청소하다가 그만 책과 책 사이에 끼워 넣는 바람에 감쪽같이 잃어버린 셈이 되고 말았다.

이 소포의 전후로 나고야(名古屋)에서 차 선물이 내 앞으로 배달되었다. 하지만 누가 무엇 때문에 보낸 건지 그 의미는 통 알지 못했다. 나는 사양하지 않고 그 차를 마셔 버렸다. 그러고 나서 곧 사고시의 남자한테서 후지(富士) 등산 그림을 돌려 달라는 말을 들었다. 그에게 그런 물건을 받은 기억이 없는 나는 아예 신경 쓰지 않았다. 하지만 그는 후지 등산 그림을 돌려 달라 돌려 달라, 세 번이고 네 번이고 독촉을 그치지 않았다. 나는 마침내 이 남자의 정신 상태를 의심하기 시작했다. "아마 미치광이일 테지." 나는 마음속으로 이렇게 정하고 상대방의 독촉에는 전혀 상대하지 않기로 했다.

그 후 두세 달이 지났다. 분명 초여름 무렵이라 기억하는데, 나는 너무나 뒤숭숭하니 어질러진 서재에 앉아 있기가 울적해져서 혼자 주섬주섬 주변을 정리하기 시작했다. 그때 책 정리를 하기 위해 제멋대로 마구 쌓여 있는 사전이며 참고서를 한 권씩 살펴보다가, 뜻밖에 사고시의 남자가 보내 순 그 소포가 나왔다. 나는 지금껏 잊어버리고 있던 물건을 눈앞에 보고 깜짝 놀랐다. 즉시 소포를 뜯어 안을 봤더니, 작게 접은 그림 한 장이 들어 있었다. 그것이 후지 등산 그림이었기에 나는 다시 깜짝 놀랐다.

꾸러미 안에는 이 그림 외에도 편지 한 통이 같이 들어 있었는데, 거기엔 그림에 어울리는 시구를 써 달라는 의뢰 그리고 감사의 표시로 차를 보낸다는 문장이 쓰여 있었다. 나는 더더욱 놀랐다.

그러나 그때의 나는 도저히 후지 등산 그림에 시를 쓸 용기를 갖지 못했다. 내 기분이 그런 일과는 멀리 동떨어진 곳에 있었기 때문에 그 그림에 어울릴 법한 하이쿠를 생각할 틈이 없었던 것이다. 하지만 나는 미안했다. 나는 정중한 편지를 써서 자신의 게으름을 사과했다. 그리고 차에 대한 고마움을 전했다. 마지막으로 후지 등산 그림을 소포로 되돌려 주었다.

13

나는 이쯤에서 일단락되었다 생각하고 그 사고시의 남자를 전혀 염두에 두지 않았다. 그런데 그 남자가 또다시 단자쿠를 보내왔다. 그리고 이번엔 의사(義士)[10]와 관련된 시구를 써 달라는 것이다. 나는 조만간 쓰겠다고 말해 주었다. 그러나 좀처럼 쓸 기회가 없었기 때문에 그냥 그대로 내버려 두었다. 하지만 집요한 이 남자 쪽에선 결코 이대로 끝낼 생각이 없었던 모양인지 막무가내로 독촉해 오기 시작했다. 그 독촉은 일주

---

10 아코(赤穂) 의사. 주군의 원수를 갚은 마흔일곱 명의 무사들을 가리킨다.

일에 한 번 혹은 이 주일에 한 번 꼴로 틀림없이 왔다. 그럴 때
는 반드시 엽서를 보냈는데 첫머리에는 어김없이 "삼가 죄송
한 말씀을 올립니다만."으로 정해져 있었다. 나는 그 사람의
엽서를 보는 게 점점 언짢아졌다.

　동시에 상대방의 독촉도 지금까지 내가 미처 예상하지 못
한 이상한 특징을 띠게 되었다. 처음에는 차를 보내 주었잖느
냐, 라는 구절이 보였다. 내가 이에 응하지 않자, 이번엔 그 차
를 돌려 달라는 문장으로 바뀌었다. 나는 돌려주는 건 어렵지
않지만 그 절차가 번거로우니 도쿄까지 받으러 온다면 돌려
주겠노라고 말해 주고 싶었다. 그렇지만 사고시의 남자에게
그런 편지를 보내는 것은 나 자신의 품격에 관계되는 것 같은
느낌이 들어 차마 그러지 못했다. 답장을 받지 못한 상대방은
한층 독촉을 했다. 차를 돌려주지 않겠다면 그래도 괜찮으나
현금 일 엔을 그 보상으로 송금해 달라는 것이다. 이 남자에
대한 내 감정은 점점 황폐해져 갔다. 마지막에는 급기야 자신
을 잊어버릴 지경이었다. 차는 마셔 버렸다, 단자쿠는 잃어버
렸다, 앞으로 엽서를 보내는 건 전혀 쓸데없는 일이라고 써 보
냈다. 그리고 마음속으론 무척이나 씁쓸한 기분을 맛보았다.
이런 비신사적인 인사를 하지 않으면 안 되는 동굴 속으로 나
를 몰아넣은 게 이 사고시의 남자라고 생각했기 때문이다. 이
런 남자 때문에 품격이든 인격이든 얼마간의 타락을 감수해
야만 하는가 싶어 한심했기 때문이다.

　그러나 사고시의 남자는 태연했다. '차는 마셔 버리고 단
자쿠는 잃어버리다니 너무나도…….'라고 써서 다시 엽서를
보내왔다. 그리고 그 서두에는 여전히 '삼가 죄송한 말씀을
올립니다만.'이라는 문장이 빠지지 않고 반복되었다.

그때 나는 더 이상 이 남자와는 상대하지 않겠노라 결심했다. 하지만 나의 결심이 그의 태도에 어떤 효과가 있을 턱이 없었다. 그는 변함없이 독촉을 멈추지 않았다. 그러더니 이번엔, 한 번 더 써 준다면 다시 차를 보내 주겠는데 어떠냐고 했다. 그리고 그게 의사와 관련된 거니까 시구를 짓는 것도 괜찮겠다고 했다.

한동안 엽서가 중단되었나 싶더니 이번엔 그게 편지로 바뀌었다. 더욱이 그 봉투는 구청 같은 데서 사용하는 아주 값싼 쥐색 봉투였고, 그는 일부러 거기에다 우표를 붙이지 않았다. 게다가 뒷면에 자신의 이름도 쓰지 않은 채 우체통에 넣었다. 나는 그것 때문에 두 배의 우편 요금을 두 번쯤 지불해야 했다. 결국 나는 집배원에게 그의 성명과 주소를 가르쳐 주어, 편지를 뜯지도 않은 채 상대방에게 반송시켰다. 그는 이 때문에 돈 육 전을 물어야 했던 탓인지, 마침내 독촉을 단념한 모양이었다.

그런데 두 달 남짓 지나 해가 바뀌면서 그는 내게 평범한 연하장을 보내 주었다. 이것이 나를 다소 감동시키는 바람에, 나는 그만 단자쿠에 시구를 써서 보낼 마음이 생겼다. 그러나 이 선물은 그를 만족시키기엔 부족했다. 그는 단자쿠가 접혔느니 지저분하다느니 하면서 다시 써 줄 것을 끈질기게 요구했다. 실제로 올해 정초에도 "죄송한 말씀을 올립니다만……."이라는 의뢰 편지가 7, 8일 무렵에 도착했다.

내가 이런 사람을 만난 건 태어나 처음이다.

바로 얼마 전, 옛날 우리 집에 도둑이 들었을 때의 이야기를 비교적 상세히 들었다.

누나 두 명 모두 아직 시집가기 전의 일이라고 하니까 아마도 내가 태어나기 전후쯤일 텐데, 어쨌든 긴노(勤王)[11]니 사바쿠(佐幕)[12] 같은 험악한 말들이 유행하던 시끌시끌한 시대였다.

어느 날 밤 큰누나가 한밤중에 볼일을 보러 일어나 손을 씻으려고 쪽문을 열었더니, 좁은 안뜰 한구석에 벽을 밀어붙일 듯한 기세로 서 있는 매화 고목의 밑동이 확, 하고 훤히 비쳤다. 누나는 미처 생각을 추스를 틈도 없이 곧장 쪽문을 닫아 버렸는데, 닫고 나서 방금 눈앞에 본 신기한 불빛을 그 자리에 선 채 생각했다.

어렸을 적 내 마음에 비친 이 누나의 얼굴은 지금도 기억해 내려고 하면 언제든지 눈앞에 떠오를 정도로 선명하다. 하지만 그 환상은 이미 시집가서 이를 까맣게 물들인 뒤[13]의 모습이기 때문에, 그때 툇마루에 서서 생각에 잠긴 꽃다운 처녀로서의 그녀를 지금 가슴속에 그려 보는 건 좀 곤란하다.

넓은 이마, 가무잡잡한 피부, 작지만 뚜렷한 윤곽을 지닌 코, 남들보다 크고 쌍꺼풀진 눈, 그리고 오사와(御澤)라는 나긋한 이름 — 나는 단지 이런 것들을 종합해서 그 상황에 놓인 누나의 모습을 상상할 뿐이다.

11 천황을 위해 충성을 다함.
12 에도 빌기에 막부를 지지하고 도우 일, 또는 그 일파.
13 술에 철을 담가 만든 액체로 이를 까맣게 물들이는 건 당시 기혼 여성의 풍습이었다.

잠시 선 채 생각하던 그녀의 머리에 그때 어쩌면 불이 난 게 아닐까 하는 염려가 일었다. 그래서 그녀가 마음을 다잡고 다시 쪽문을 열어 바깥을 내다보려는 순간, 시퍼렇게 번쩍이는 칼 한 자루가 어둠 속에서 네모난 쪽문 안으로 쑥 들어왔다. 누나는 깜짝 놀라 뒤로 물러났다. 그 틈에 복면을 하고 초롱을 든 남자들이 칼을 빼든 채 작은 쪽문을 넘어 우르르 집 안으로 들어왔다고 한다. 도둑들은 얼추 여덟 명쯤이라 들었다.

　그들은 사람을 죽이기 위해 온 게 아니니 얌전히 굴기만 하면 가족들에게 해코지는 하지 않겠다, 그 대신 군자금을 빌려 달라고 말하며 아버지를 다그쳤다. 아버지는 없다고 거절했다. 하지만 도둑은 좀체 수긍하지 않았다. 방금 길모퉁이의 고쿠라야(小倉屋)라는 술 가게에 들어갔다가 거기서 알려 준 대로 온 거니까 숨겨 봤자 소용없다며 끄떡도 하지 않았다. 아버지는 마지못해 결국 금화 몇 닢을 그들 앞에 내놓았다. 그들은 금액이 너무 적다고 생각했는지 그럼에도 쉽사리 돌아가려 하지 않기에, 그때까지 침상에 누워 있던 어머니가 "당신 지갑에 들어 있는 것도 줘 버리세요."라고 충고했다. 그 지갑 안에는 오십 냥쯤인가 들어 있었다는 이야기다. 도둑이 나간 뒤에, "쓸데없는 말을 하는 여자로군." 하며 아버지는 어머니를 크게 나무랐다고 한다.

　이 일이 있고 나서 우리 집에선 기둥을 짜 맞춰 그 안에 돈을 숨기는 방법을 고안했지만, 숨길 정도의 재산이 생기지도 않았을뿐더러 검은 옷차림을 한 도둑도 그 후 오지 않았기 때문에 내가 성장할 무렵에는 어떤 게 짜 맞춘 기둥인지 전혀 알 수 없었다.

　도둑이 나갈 때 "이 집은 엄청 문단속을 잘하는 집이야."

라며 칭찬했다고 하는데, 이 문단속을 잘하는 집을 도둑에게 가르쳐 준 고쿠라야의 함베(半兵衛) 씨의 머리에는 다음 날부터 긁힌 상처가 여럿 생겨났다. 그 상처는 '돈이 없습니다.'라고 거절할 때마다 도둑이 '그럴 리가 없을 텐데.' 하면서 빼든 칼끝으로 함베 씨의 머리를 쿡쿡 찔러 댔기 때문이라고 한다. 그럼에도 함베 씨는 "아무리 그래도 우리 집엔 없습니다, 뒷집 나쓰메 씨한테는 무척 많으니 거기에 가 보세요." 하고 끝까지 고집을 부려 마침내 돈은 한 푼도 빼앗기지 않았다.

나는 이 이야기를 아내에게 들었다. 아내는 또 내 형과 차를 마시다가 이 이야기를 들었다.

15

내가 작년 11월 가쿠슈인(學習院)에서 강연[14]을 했더니 '사례'라고 쓴 봉투를 나중에 보내왔다. 멋들어진 띠 장식이 달려 있기에 그걸 떼고 안을 살펴보니 오 엔짜리 지폐가 두 장 들어 있었다. 나는 그 돈을 평소 딱하게 여기던 어느 가까운 예술가에게 선물할까 생각하며 은근히 그가 오기만을 기다렸다. 그런데 그 예술가가 아직 나타나기도 전에 어딘가에 기부할 필요가 생기는 바람에 그만 두 장 다 써 버리고 말았다.

한마디로 말하자면, 이 돈은 나에게 결코 쓸모없는 건 아니었다. 세상의 일반적인 통념으로 멋지게 나를 위해 소비되었다고 할 수밖에 없는 것이다. 그렇지만 그걸 남에게 줄 생각

14　1914년 11월 25일, '나의 개인주의'라는 제목으로 강연했다.

까지 한 나의 관점에서 보자면, 그다지 고마움이 묻어나지 않는 돈인 게 틀림없었다. 툭 터놓고 내 마음을 말한다면 이런 사례를 받기보다는 받지 않을 때가 훨씬 산뜻했다.

구로야나기 가이슈(畔柳芥舟) 군이 문학 모임의 강연 일로 찾아왔을 때, 나는 이야기를 나누는 참에 대략 그 이유를 설명했다.

"지난번에 나는 노력을 팔러 간 게 아니에요. 오로지 호의로 의뢰에 응한 것이니까 그쪽에서도 내게 호의만으로 보답하면 족하다고 생각합니다. 만약 보수를 고려한다면 처음부터 사례는 얼마가 되는데 와 줄 건지 어떤지 의논하는 게 마땅하겠지요."

이때 K군은 납득이 잘 안 되는 것 같다는 표정을 지었다. 그러더니 이렇게 대답했다.

"하지만 이건 어떨까요. 그 십 엔은 당신의 노력을 샀다는 의미가 아니라, 당신에 대한 감사의 마음을 나타내는 한 가지 수단으로 본다면. 이렇게 볼 수는 없을까요?"

"물건이라면 분명히 그런 해석도 가능하겠지만, 불행히도 '사례'가 일반적인 영업상 매매에서 사용되는 돈이기 때문에 어느 쪽으로든 볼 수 있겠지요."

"어느 쪽으로든 볼 수 있다면, 이 경우엔 선의의 의미로 해석하는 편이 낫지 않을까요?"

나는 과연 맞는 말이라고도 생각했다. 하지만 다시 이렇게 대답했다.

"아시다시피 나는 원고료로 생활을 꾸리고 있으니 물론 부유하다고는 할 수 없습니다. 그러나 그럭저럭 그것만으로 현재를 살아갈 수가 있습니다. 따라서 자신의 직업 이외의 일과 관련해선 되도록 호의적으로 남을 위해 일하고 싶다는 생각을 갖고 있습니다. 그리고 그 호의가 상대방에게 전달되는 게 저로서는 무엇보다 고귀한 보수입니다. 그러므로 돈을 받게 되면, 내가 남을 위해 일한다는 여지 — 지금의 내겐 이 여지가 또한 극히 좁습니다. — 이 귀중한 여지를 잠식당한 것 같은 기분이 됩니다."

K군은 여전히 내가 하는 말에 수긍하지 않는 낌새였다. 나도 질 수 없었다.

"만약 이와사키(岩崎)나 미쓰이(三井) 같은 대부호[15]에게 강연을 부탁했을 경우 나중에 십 엔 지폐를 들고 갈까요, 아니면 실례가 된다고 하여 그저 인사만 전하는 걸로 그칠까요? 내 생각으론 필시 금전은 들고 가지 않을 성싶은데."

"글쎄요."라고 할 뿐 K군은 확실한 대답을 주지 않았다. 나는 아직 할 말이 조금 남아 있었다.

"우쭐대는 건지는 모르겠는데 내 머리는 미쓰이나 이와사키에 비할 만큼 똑똑하지는 못해도, 일반 학생보다는 훨씬 부자인 게 틀림없다고 믿습니다."

"그렇고말고요."하고 K군은 끄덕였다.

"만약 이와사키나 미쓰이에게 사례금 십 엔을 들고 가는 것이 실례라면, 나에게 사례금 십 엔을 들고 오는 것도 실례일 테지요. 더구나 그 십 엔이 물질적으로 내 생활에 엄청난 혜택을 준다면 또 다른 의미에서 이 문제를 바라볼 수도 있겠지만, 실제로 나는 그걸 남에게 줘야겠다는 생각까지 했으니까. — 나의 현재 경제적 생활이 이 십 엔 때문에 눈에 띌 만큼

15 이와사키는 미쓰비시(三菱) 재벌, 미쓰이는 미쓰이 재벌의 창립자.

달라진 건 전혀 없으니까."

"잘 생각해 보지요." K군은 싱글싱글 웃으며 돌아갔다.

16

집 앞으로 쭉 이어지는 비탈을 내려가면 이 미터 남짓한 실개천에 걸린 다리가 있고, 그 다리 건너편 바로 왼쪽에 자그마한 이발소가 보인다. 나는 딱 한 번 거기서 머리를 깎은 적이 있다.

평소엔 하얀 옥양목 막을 쳐서 유리문 안쪽이 길거리에서는 보이지 않게 해 놓았기 때문에, 나는 그 이발소 입구에 서서 거울 앞에 자리를 잡고 앉을 때까지 주인의 얼굴을 전혀 알지 못했다.

주인은 내가 들어오는 걸 보자, 손에 든 신문지를 내던지고 곧장 인사를 했다. 그때 나는 아무래도 어디선가 만난 적이 있는 남자가 틀림없다는 느낌이 들었다. 그래서 그가 내 뒤를 돌아 찰칵찰칵 가위질을 하기 시작할 즈음을 가늠했다가 내쪽에서 먼저 말을 건네 보았다. 그러자 내 짐작대로 그는 옛날 데라마치(寺町)의 우체국 옆에 가게를 열어 지금과 마찬가지로 이발을 생업으로 했었다는 걸 알았다.

"다카다(高田) 어르신께도 무척 신세를 졌습니다."

다카다는 내 사촌 형이기에 나도 놀랐다.

"다카다를 아는가?"

"아는 정도가 아닌걸요. 언제나 도쿠(德), 도쿠 하며 보살펴 주셨습니다."

그의 말투는 이런 직업을 가진 사람치고는 상당히 공손한 편이었다.

"다카다도 죽었다네." 하고 내가 말하자 그는 깜짝 놀라며 "예에?" 하고 소리를 질렀다.

"좋은 어르신이었는데, 안타깝네요. 언제쯤 돌아가셨나요?"

"아주 최근일세. 오늘로 이 주가 될까 말까 그 정도라네."

그러고 나서 그는 죽은 사촌 형에 대해 기억하는 여러 가지 이야기들을 내게 들려준 끝에, "생각하면 정말 빠르군요, 어르신. 바로 엊그제 일이라고만 여겨지는데 벌써 삼십 년 가까이 되었으니까요." 했다.

"그때 거기 규유테이(求友亭)의 골목에 계셨는데……." 하고 주인은 다시 말을 보탰다.

"거기 2층이 있는 집 말인가?"

"네, 2층이 있었지요. 그곳으로 옮기셨을 땐 여러 사람에게서 축하 선물이 들어와 엄청 시끌벅적했는데. 그런 다음이었나요, 교간지(行願寺)의 경내로 이사하신 게?"

이 질문엔 나도 대답할 수 없었다. 사실 너무나 오래전 일이다 보니 나도 그만 잊어버리고 말았다.

"그 절의 경내도 지금은 무척 바뀐 모양이더군. 볼일이 없으니 그 이후엔 들어가 본 적도 없지만."

"바뀌고 안 바뀌고 간에, 지금은 거의 색싯집뿐인 걸요."

나는 사카나마치(肴町)를 지날 때마다 그 경내로 들어가는 버선 가게 모퉁이의 좁다란 골목 입구에 어지러이 내걸린 네모난 처마등이 많다는 걸 알고 있었다. 하지만 그 숫자를 세어 볼 정도의 감흥 따위는 일지 않았기 때문에 주인이 하는 말은 미처 깨닫지 못했다.

"과연 그러고 보니 '향주머니'라는 간판이 길에서 보이는 것 같더군."

"네, 많이 생겼지요. 하긴 바뀌는 게 당연하죠, 생각해 보면. 벌써 곧 삼십 년이 다 되어 가니까요. 어르신도 아시다시피 그 당시 색싯집으론 경내에 딱 한 곳밖에 없었잖아요, 아즈마야(東家)라고. 다카다 어르신 댁의 바로 맞은편이었지요, 아즈마야의 초롱이 높이 내걸린 건."

17

나는 그 아즈마야를 잘 기억하고 있었다. 사촌 형네 집의 바로 맞은편이라서, 양쪽 집 사람들이 드나들 때마다 얼굴을 마주치기만 해도 서로 인사를 나눌 정도의 사이였기 때문에.

그 무렵 사촌 형네 집에는 나의 둘째 형이 빈둥빈둥 놀고 있었다. 이 형은 대단한 방탕아로, 툭하면 집에 있는 족자나 검 종류를 몰래 훔쳐 내어 그것들을 헐값에 팔아 치우는 고약한 버릇이 있었다. 그가 어째서 사촌 형네 집에 눌어붙어 있었는지 그때의 나는 알 수 없었지만, 지금 생각하니 어쩌면 그런 망나니짓을 벌인 결과로 잠시 집에서 쫓겨났던 게 아닐까 싶다. 그 형 말고도 또 한 사람 쇼(庄) 씨라고, 역시나 내 외가 쪽 사촌 형 되는 남자가 그 언저리에 어슬렁거리고 있었다.

이런 치들이 어느 때고 한자리에 합류해서는 방 안을 나뒹굴거나 툇마루에 걸터앉아 제멋대로 허튼소리를 늘어놓고 있으면, 이따금 맞은편 색싯집의 대나무 격자창으로 "안녕하세요?"라는 인사를 듣게 된다. 그러면 이때를 마침 기다렸다는 듯, 패거리는 "여기, 잠깐 와 봐. 좋은 게 있으니까." 대충 이런 말로 여자를 불러들인다. 게이샤들도 낮에는 한가하니까 세 번에 한 번은 애교로 놀러 와 준다. 대개 이런 식이었다.

나는 그 무렵 아직 열일곱, 열여덟 살쯤이었고 게다가 엄청난 부끄럼쟁이로 통했기 때문에, 그런 곳에 어쩌다 자리를 함께해도 아무 말 없이 잠자코 구석 쪽에 물러나 있기만 했다. 그럼에도 나는 어쩐 일인지 이들과 함께 그 색싯집으로 놀러 가서 트럼프를 친 적이 있다. 진 사람은 한턱을 내야 했기 때문에 나는 남이 사 주는 초밥이나 과자를 꽤나 얻어먹었다.

일주일쯤 지나 나는 다시 이 빈둥거리는 형을 따라 같은 집으로 놀러 갔는데, 그 쇼 씨도 마침 자리를 함께해서 이야기가 무척 활기를 띠었다. 그때 사키마쓰(咲松)라는 젊은 게이샤가 내 얼굴을 보며 "또 트럼프 쳐요." 했다. 나는 두꺼운 면 하카마(袴)[16] 차림으로 단단히 굳어져 있었는데 주머니엔 일 전짜리 동전조차 없었다.

"난 돈이 없어서 싫어."

"괜찮아, 나한테 있으니까."

이 여자는 그때 눈병을 앓기라도 했는지, 그렇게 말하며 예쁜 옷 소맷자락으로 불그스름해진 쌍꺼풀을 연신 문질렀다.

그 후 나는 "오사쿠(御作)가 좋은 손님을 만나 떠났다."라는 소문을 사촌 형네 집에서 들었다. 사촌 형네 집에선 이 여자를 사키마쓰라고 하지 않고 늘 오사쿠, 오사쿠라고 불렀다. 나는 그 이야기를 들으며 마음속으로 이제 오사쿠를 만날 기

---

16 허리에서 발목까지 덮고 넉넉하게 주름이 잡힌 아래옷. 바지서럼 가랑이진 것이 보통이나 스커트 모양을 한 것도 있다.

회는 없겠구나, 생각했다.

　그런데 그러고 나서 한참 지나, 나는 친구 다쓰진과 같이 시바(芝)의 산문 근처에 있는 상점가에 갔다가 거기서 다시 오사쿠와 딱 마주쳤다. 학생 차림인 나와는 반대로 그녀는 어느새 고상한 사모님으로 바뀌어 있었다. 남편이라는 사람도 그녀 옆에 서 있었다⋯⋯.

　나는 이발소 주인의 입에서 나온 아즈마야라는 색싯집 이름에 깊숙이 깃들어 있는 이 정도로 해묵은 사실을 갑자기 떠올렸던 것이다.

　"그곳에 있던 오사쿠라는 여자를 아는가?" 하고 나는 주인에게 물었다.

　"알다마다요, 그 앤 제 질녀인데요."

　"그래?"

　나는 놀랐다.

　"그럼, 지금 어디에 있는가?"

　"오사쿠는 죽었는걸요, 어르신."

　나는 다시 놀랐다.

　"언제?"

　"언제라니, 벌써 옛일이 되었습니다. 아마 그 애가 스물셋 되던 해였을 겁니다."

　"그것참."

　"더구나 블라디보스토크에서 죽었답니다. 남편이 영사관 쪽 일을 하는 사람이다 보니 그곳에 함께 갔던 거지요. 그러고 나서 얼마 안 될 무렵이었어요, 죽은 건."

　나는 돌아와 유리문 안에 앉았다. 아직 죽지 않고 남아 있는 건 자신과 그 이발소 주인뿐인 듯한 느낌이 들었다.

18

내 방으로 안내를 받은 어느 젊은 여자가 "아무래도 저의 주변이 깔끔하게 정리가 안 돼서 불편한데, 어떻게 하면 좋을까요?" 하고 물었다.

이 여자가 어느 친척 집에 기거하고 있는 걸 알고, 그곳이 협소한 데다 아이들도 시끄러운 모양이라고 생각한 나의 대답은 아주 간단했다.

"어딘가 산뜻한 집을 구해 하숙이라도 하는 게 좋겠지요."

"아니, 방 이야기가 아니라 머릿속이 깔끔히 정리가 안 돼서 불편한 거예요."

나는 내 오해를 의식하는 동시에 여자가 말하는 의미를 통 알 수 없었다. 그래서 좀 더 자세한 설명을 그녀에게 요구했다.

"바깥에서는 뭐든지 머릿속으로 들어오는데 그게 마음의 중심과 타협이 잘 안 돼요."

"당신이 말하는 마음의 중심이란 대체 어떤 건가요?"

"어떤 거냐면, 쭉 뻗은 직선이에요."

나는 이 여자가 수학에 열심이라는 걸 알고 있었다. 그렇지만 마음의 중심이 직선이라는 의미는 물론 내게 통하지 않았다. 게다가 중심이란 과연 무얼 의미하는 건지, 그것도 도무지 이해하기 힘들었다. 여자는 이렇게 말했다.

"무슨 물건이든 중심이 있잖아요."

"그건 눈으로 볼 수 있고 잣대로 잴 수 있는 물체에 대한 이야기겠지요. 마음에도 형태가 있나요? 그렇다면 그 중심이라는 걸 여기 한번 꺼내 보세요."

여자는 꺼낼 수 있다고도 꺼낼 수 없다고도 말하지 않은 채, 뜰을 바라보거나 무릎 위 두 손을 비비거나 했다.

"당신이 말하는 직선은 비유가 아닌가요? 만약 비유라면 둥글다고 하건 네모나다고 하건 결국 똑같아질 테지요."

"그럴지도 모르겠지만 형태나 색깔이 늘 바뀌는 중에도 전혀 바뀌지 않는 게 분명히 있는 걸요."

"그 바뀌는 것과 바뀌지 않는 게 따로따로라고 한다면, 요컨대 마음이 두 개 있다는 셈인데 정말 그런가요? 바뀌는 것은 즉, 바뀌지 않는 것이어야만 하지 않을까요?"

이렇게 말한 나는 다시 문제를 원점으로 돌려 여자를 대했다.

"외부 세계의 모든 것이 머릿속에 들어오자마자 반듯하게 질서가 잡히고 단락이 또렷이 정해지는 사람은 아마도 없을 테지요. 실례지만 당신의 나이와 교육, 학문으로는 그렇게 깔끔하게 정리될 턱이 없습니다. 만약 또 그런 의미가 아니라 학문의 힘을 빌리지 않고 철저하게 꽉 매듭을 짓고 싶다면, 나 같은 사람을 찾아와도 소용없습니다. 스님이라도 찾아가 보세요."

그러자 여자가 내 얼굴을 보았다.

"저는 처음 선생님을 뵈었을 때, 선생님의 마음은 그런 점에서 보통 사람 이상으로 반듯하게 정리되어 있다고 생각했어요."

"그럴 리가 없습니다."

"그래도 제겐 그리 보였어요. 내장의 위치까지도 잘 정돈되어 있겠다는 생각마저 들었는걸요."

"만약 내장이 그토록 알맞게 조절된다면, 이 모양으로 늘 병치레를 하진 않겠지요."

"저는 병을 앓지는 않아요." 하고 그때 여자가 불쑥 제 이야기를 했다.

"그건 당신이 나보다 훌륭하다는 증거입니다." 나도 대답했다.

여자는 방석에서 미끄러져 내려왔다. 그러고는 "부디 몸 조심하시길." 하고 돌아갔다.

19

나의 옛집은 지금 내가 사는 곳에서 좀 더 구석진 바바시타(馬場下)라는 시가지에 있었다. 시가지라곤 해도 실은 자그마한 역참 마을로밖에 여겨지지 않을 정도로, 어렸을 적 내게는 황폐한 데다 쓸쓸하게 보였다. 원래 바바시타란 다카다노바바 아래에 있다는 의미니까, 에도(江戸)의 그림지도를 봐도 도심인지 교외인지 분간이 안 되는 외진 구석 쪽에 있었던 게 틀림없다.

그럼에도 회반죽을 칠한 부유한 집이 좁은 동네 안에 서너 채는 있었던 것 같다. 비탈을 오르면 오른쪽에 보이는 오미야 덴베(近江屋傳兵衛)라는 한약방이 그 가운데 하나였다. 그리고 비탈을 다 내려오면 거기에 널찍한 고쿠라야(小倉屋)라는 술 가게도 있었다. 그런데 이곳은 회벽 집은 아니었지만, 호리베 야스베(堀部安兵衛)가 다카다노바바에서 원수를 갚을 때 이곳에 들러 말술을 마시고 갔다는 일화를 지닌 이름난 집이었다. 나는 이 이야기를 어렸을 적부터 들어 기억하는데, 거기 보관되어 있다고 소문이 도는 그 야스베가 입을 댄 말 됫박을 아쉽게도 보지는 못했다. 그 대신 따님인 오키타(御北) 씨가 샤미센에 맞춰 부르는 노래는 여러 번 들었다. 나는 아직 어려서 잘하는지 서툰지 전혀 알 수 없었지만, 우리 집 현관을 나와 징검돌 위에 서서 거리로 나설 즈음 오키타 씨의 목소리가 그곳에서 자주 들려왔다. 봄날 정오 무렵이면 황홀해진 내 영혼은 화창한 햇살에 감싸이고, 나는 오키타 씨의 노래 연습을 듣는 듯 마는 듯 멍하니 우리 집 광의 흰 벽에 몸을 기댄 채 멈춰 서 있기도 했다. 그 덕분에 나는 마침내 '길 떠날 때는 삼베옷' 같은 구절을 어느 틈에 외우고 말았다.

그 밖에 목공소가 한 채 있었다. 그리고 대장간도 한 채 있었다. 하치만(八幡) 언덕 쪽 근처에는 널찍한 토방을 지붕 아래 마련한 채소 시장이 있었다. 우리 집에서는 그곳의 주인을 도매상 센타로(仙太郎) 씨라고 불렀다. 센타로 씨는 우리 아버지와 꽤 먼 친척뻘이 된다는 이야기를 들었지만, 실제로 두 사람의 관계는 완전히 서먹서먹했다. 어쩌다 길에서 마주칠 때만 "날씨가 좋군요." 하고 말을 건네는 정도의 사이에 불과했던 것 같다. 이 센타로 씨의 외동딸이 야담가 데스이(貞水)와 가까워져 죽네 사네 하며 시끌벅적했던 일도 소문을 들어 알고는 있으나, 제대로 된 기억은 지금 머릿속 어디에도 남아 있지 않다. 아이였던 내겐 그것보다는 센타로 씨가 높다란 받침대 위에 걸터앉아 붓통과 장부를 든 채 "이-얏차- 얼마?" 하고 힘찬 목소리를 내며 밑에 있는 수많은 얼굴을 둘러보는 광경이 훨씬 재미있었다. 밑에서는 스무 개, 서른 개나 되는 손을 일제히 들어 올리며 다들 센타로 씨를 향해 그들만의 특별한 암호를 욕지거리하듯 외쳐 대는 사이, 생강이며 가지며 호박 바구니들이 그들의 투박스러운 손놀림을 타고 척척 어딘가로 실려 가는 걸 보고 있으면 힘이 솟았다.

어느 시골에 가도 있을 법한 두부 가게도 물론 있었다. 그 두부 가게에는 기름 냄새가 밴 포럼이 쳐져 있고 입구에 흐르는 하수도 물이 교토(京都)에라도 간 듯 깨끗했다. 그 두부 가게를 따라 모퉁이를 돌면 조금 앞에 세칸지(西閑寺)라는 절 문이 높다랗게 보였다. 빨갛게 칠해진 문 뒤편은 울창한 대숲으로 가득 뒤덮인 탓에 그 안에 뭐가 있는지 길에선 전혀 보이지 않았지만, 그 깊숙이 아침저녁 예불 때 울리는 종소리는 지금도 내 귀에 남아 있다. 특히 안개 자욱한 가을부터 찬바람 부는 겨울에 걸쳐 뎅그렁 울리는 세칸지 종소리는 언제나 내 마음에 슬프고 차가운 무언가를 두들겨 넣듯 어린 내 마음을 시리게 했다.

20

이 두부 가게 옆에 연예 극장이 한 채 있던 것을, 나는 마치 꿈꾸듯 아직도 기억하고 있다. 이런 변두리에 연예 극장이 있을 리 만무하다는 생각이 내 기억에 안개를 드리우는 까닭인지, 나는 그곳을 떠올릴 때마다 늘 기이한 느낌에 휩싸이면서 휘둥그레진 눈으로 신기하게 나의 먼 과거를 돌아보곤 한다.

그 흥행장의 주인이란 동네의 우두머리 일꾼으로, 이따금 감색 배두렁이 작업복에다 빨간 줄무늬가 들어간 겉옷을 입고 대충 짚신을 걸쳐 신은 채 바깥을 돌아다녔다. 그곳에 오후지(御藤) 씨라는 따님이 있었는데 그 사람의 외모가 자주 가족들 입에 오르내린 일도 아직 내 기억에서 멀어지지 않았다. 그 후 데릴사위로 들인 이가 콧수염을 기른 낫긴 남자였기 때문에 나는 좀 놀랐다. 오후지 씨네 쪽에서도 자랑할 만한 데릴사

위라는 평판이 높았지만, 나중에 들어 보니 그 사람은 어느 구청의 서기라는 이야기였다.

이 데릴사위가 올 즈음엔 이미 극장도 그만두고 그저 여염집이 되어 있었지만 나는 그 집의 처마 끝에 아직 어둑한 간판이 쓸쓸히 걸려 있던 무렵, 엄마한테 용돈을 받아 자주 그곳으로 군담(軍談)을 들으러 다니곤 했다. 이야기꾼의 이름은 분명 난린(南麟)이었지 싶다. 신기하게도 이 극장에는 난린 말고는 아무도 출연하지 않은 것 같다. 이 남자의 집이 어디에 있었는지 모르지만 어느 방향에서 걸어오더라도, 도로가 정비되고 가옥이 늘어선 지금 생각해 보건대 엄청난 수고였을 게 틀림없다. 게다가 손님 수는 언제나 열다섯이나 스물 남짓이었으니, 아무리 마음대로 상상을 해 봐도 꿈인 듯 여겨질 뿐이다. '여보세요 여보세요 갈보야 부르는 소리에 야쓰하시라니까요 뒤돌아보는 바로 그 순간 번쩍거리며 꽂히는 칼날'이라는 이상한 구절은, 내가 그 무렵 난린에게 배운 건지 아니면 나중에 만담가가 재미나게 흉내 낸 모습을 기억하는 건지 지금은 헷갈려 잘 모르겠다.

당시 우리 집에서 우선 시내다운 시내로 나가려면 어쩔 수 없이 인가가 없는 차밭이나 대숲 또는 기다란 논두렁길을 빠져나가야만 했다. 제대로 장을 보기 위해서는 대개 가구라사카(神樂坂)까지 으레 나가기 마련이었기 때문에 그런 수고로움에 익숙해진 내겐 그다지 고역일 것도 없었지만, 그럼에도 야라이(矢來) 비탈을 오르고 사카이(酒井) 저택의 화재 감시 망루를 지나 시내로 나가는 그 긴 외줄기 길은 한낮에도 을씨년스럽고 하늘이 잔뜩 흐린 듯 내내 어두컴컴했다.

그 제방 위에 두 아름 세 아름은 족히 될 거목이 여러 그루

늘어서 있고 그 사이사이 틈새를 무성한 대숲이 메우고 있었기 때문에, 햇빛을 볼 시간이라곤 하루 종일 어쩌면 단 한순간도 없었으리라. 시내에 나갈 생각으로 굽 낮은 나막신을 신고 나서기라도 하면 어김없이 낭패를 당하기 일쑤였다. 서리가 녹은 그곳의 진창길은 비나 눈보다도 더 무서운 것으로 내 머리에 박혀 있다.

그 정도로 불편한 곳임에도 화재의 염려는 있었던 모양으로 역시나 동네의 길모퉁이에 높다란 사다리 망루가 세워져 있었다. 그리고 그 위에 오래된 경종도 관례대로 매달아 놓았다. 나는 이렇듯 있는 그대로의 옛날을 자주 떠올린다. 그 경종 바로 아래 있었던 작은 간이식당도 절로 눈앞에 떠오른다. 포렴 사이로 구수한 조림 냄새가 연기와 함께 거리로 흘러나와 해 질 녘 안개에 녹아드는 정취도 잊을 수가 없다. 내가 아직 시키(子規)[17]가 살아 있을 적에 '망루의 경종과 나란히 서 있네 높다란 겨울나무'라는 시를 지은 것은 바로 이 경종을 기념하기 위해서였다.

21

우리 집과 관련된 내 기억은 대개 이처럼 시골티가 물씬 풍긴다. 그리고 어딘가 싸늘하고 애처로운 그림자가 깃들어 있다. 그래서 지금 여전히 살아 있는 형한테서 우리 누나들이

---

17 마사오카 시키(正岡子規, 1867~1902): 일본의 대표적 하이쿠 시인으로 소세키와 가깝게 교류했다.

연극을 보러 가던 당시의 이야기를 아주 최근에 들었을 때는 깜짝 놀랐다. 그토록 화려하게 지낸 옛날도 있었던가 생각하니, 나는 점점 더 꿈꾸는 듯한 기분이 될 뿐이다.

그 무렵의 극장은 모두 사루와카초(猿若町)에 있었다. 전차도 자동차도 없던 시절에 다카다노바바 밑에서 아사쿠사(淺草)의 간논사마(觀音樣) 앞까지 아침 일찍 도착해야 하니까 여간한 일이 아니었던 모양이다. 누나들은 모두 한밤중에 일어나 채비를 했다. 가는 길이 위험스럽다 하여 만일을 위해 하인을 반드시 대동했다고 한다.

그들은 쓰쿠도(筑土)를 내려가 감나무 골목에서 선착장으로 나간 다음, 미리 그곳의 가게에 예약해 둔 지붕 있는 나룻배를 탔다. 나는 그들이 얼마나 기대에 부푼 마음으로 병기(兵器) 공장 앞에서 오차노미즈를 지나 야나기바시(柳橋)까지 느릿느릿 노를 저어 갔을까를 상상한다. 더욱이 그들의 여행은 결코 거기서 끝날 리 없는 까닭에, 시간에 제한을 두지 않았던 그 옛날이 더욱더 회고할 맛이 난다.

오카와(大川)로 나온 배는 강을 거슬러 아즈마(吳妻) 다리를 빠져나가 이마도(今戶)의 요릿집 유메이로(有明樓) 옆에 닿았다고 한다. 누나들은 거기서 내려 극장 휴게소까지 걸어간 후에야 마침내 미리 마련된 자리에 앉기 위해 극장으로 안내된다. 미리 마련된 자리란 으레 일반 객석보다 조금 높은 객석으로 정해져 있었다. 이는 그들의 옷차림이며 얼굴이며 머리치장 같은 게 일반 사람들 눈에 금방 띄어 주목받기에 안성맞춤인 장소라서, 화려함을 즐기는 사람들이 다투어 손에 넣고 싶어 하기 때문이었다.

막간에는 배우에게 딸린 남자가 와서 '다들 분장실로 구경하러 가시지요.' 하며 안내를 한다. 그러면 누나들은 비단 기모노에다 하카마를 입은 남자의 뒤를 따라 다노스케(田之助)라든가 돗쇼(訥升) 등 좋아하는 배우의 방으로 가서 부채에 그려 준 그림을 받아 돌아온다. 이런 게 그들의 겉치레였으리라. 그리고 이 겉치레는 돈의 힘을 빌리지 않고선 살 수 없었던 것이다.

돌아올 때는 처음 왔던 길을 똑같은 배로 선착장까지 다시 노를 저어 간다. 위험하다 하여 이번에도 하인이 초롱을 밝히고 마중 나간다. 집에 도착하는 건 지금 시간으로 아마 12시쯤 되리라. 그러니까 한밤중에서 한밤중까지 시간을 들여 그들은 마침내 연극을 볼 수 있었던 것이다…….

이런 화려한 이야기를 들으면 나는 과연 이게 우리 집에서 일어난 일인가 싶어 의아스러워진다. 시내 어딘가 부유한 옛 장사꾼의 이야기를 들은 것 같은 느낌이다.

하긴 우리 집도 무사 신분은 아니었다. 폭넓은 교제를 해야 하는 촌장에다 상인이었다. 내가 아는 아버지는 대머리 할아버지였는데 젊은 시절에는 전통 가락을 배우기도 하고, 마음을 둔 유곽의 여자에게 비단 침구를 보내 주기도 했다고 한다. 아오야마(靑山)에 전답이 있어 거기서 나오는 쌀만으로도 식구들이 먹기에는 부족함이 없었다고 들었다. 실제로 아직 살아 있는 셋째 형은 그 쌀 찧는 소리를 거의 내내 들었다고 한다. 내 기억에 의하면 동네 사람들이 다들 우리 집을 가리켜 현관, 현관[18]이라고 불렀다. 그 당시의 나는 어떤 의미인지 알

---

18 당시 현관이 있는 집은 촌장에게만 허용되었다. 촌장은 그 현관을 집무실로 사용했다.

수 없었지만, 지금 생각하면 마루가 딸린 엄숙한 현관이 있는 집은 동네에 단 한 채밖에 없었기 때문인 것 같다. 그 마루에 오르면 범인을 잡는 데 사용하던 갈고랑이며 몇 가지 도구들 그리고 낡은 승마 초롱 따위가 나란히 걸려 있던 옛 모습을 나도 아직 기억하고 있다.

22

요즈음 이삼 년 사이에 나는 대체로 일 년에 한 번 꼴로 병을 앓는다. 그리고 자리에 눕고 나서 털고 일어나기까지 얼추 한 달여 시간을 허비한다.

내 병이란 늘 그렇듯 위장에 탈이 나는 것인데 여차하면 금식 요법 말고는 달리 손쓸 방도가 없다. 의사의 명령뿐만 아니라 병의 성질 그 자체가 내게 부득이 금식을 요구하는 것이다. 따라서 병을 앓기 시작할 때보다 회복기에 이르렀을 때가 오히려 더 깡마르고 비슬비슬하다. 이런 상태가 한 달 이상 질질 끄는 결정적인 이유는 아마 이 쇠약해진 몸 때문인 듯하다.

내 거동이 자유로워지면 검은 테를 두른 인쇄물이 이따금 내 책상 위에 놓인다. 나는 운명 앞에 쓴웃음을 짓는 사람처럼 실크 모자를 쓰고 인력거를 불러 장례식장으로 달려간다. 죽은 사람 가운데는 할아버지도 할머니도 있지만 더러는 나보다 나이가 젊고 평소에 건강을 자부하던 사람도 섞여 있다.

나는 집으로 돌아와 책상 앞에 앉아, 인간의 수명은 참으로 신기한 것이라 생각한다. 병치레가 잦은 나는 어째서 아직 살아남아 있는지 의아하다. 그 사람은 어떤 이유로 나보다 앞서 죽은 걸까 생각한다.

나로서는 이러한 묵상에 잠기는 게 어쩌면 당연한 건지도 모르겠다. 그렇지만 자신의 지위나 신체, 재능 같은—이 모든 자기라는 것의 집합체를 잊어버리기 쉬운 인간의 한 사람으로서, 나는 죽지 않는 게 당연하다고 여기며 지내는 경우가 많다. 독경하는 동안이나 분향할 때조차도 죽은 이의 뒤에 살아남은 나라는 허상을 전혀 신기하다고 깨닫지 못한 채 시치미 떼고 있기 십상이다.

어떤 이가 내게 "다른 사람이 죽는 건 당연하게 생각되는데 자신이 죽는 것만은 도저히 생각할 수 없습니다."라고 한적이 있다. 전쟁터에 나간 경험이 있는 남자에게 "그렇게 부대원이 잇달아 쓰러지는 걸 보면서도 자신만은 죽지 않는다고 생각할 수 있나요?"라고 물었더니, 그 사람은 "그럴 수 있습니다. 아마도 죽을 때까지는 죽지 않는다고 생각하겠지요."라고 대답했다. 그리고 대학에서 이과 공부를 하는 사람에게 비행기 이야기를 들었을 때 이런 문답을 나눈 기억도 있다.

"그렇게 줄곧 추락하거나 죽거나 한다면, 나중에 타는 사람은 무서울 테지요. 이번엔 내 차례구나 하는 기분이 될 것같은데 어떤가요?"

"글쎄요, 그렇진 않은 것 같습니다."

"어째서요?"

"어째서라니, 완전히 그 반대의 심리 상태에 지배되는 모양입니다. 역시 그 녀석은 추락해 죽었지만 난 괜찮아, 하는기분이 드나 봅니다."

나도 분명히 이런 사람들의 기분처럼 비교적 대연히 지낼수 있는 거겠지. 그도 그럴 것이, 죽을 때까지는 누구나 살아 있는 거니까.

신기하게도 내가 몸져누워 있는 동안에는 부고가 거의 오지 않는다. 작년 가을에도 병이 나은 뒤 서너 명의 장례식에 참석했다. 그 서너 명 가운데 신문사의 사토(佐藤) 군도 들어 있었다. 나는 사토 군이 어느 연회 자리에서 회사로부터 받은 은잔을 가져와 내게 술을 권해 주었던 일을 떠올렸다. 그때 그가 보여 준 이상한 춤도 아직 기억한다. 건강하고 다부진 그 사람의 장례식에 갔던 나는, 그가 죽고 내가 아직 살아남아 있는 걸 그다지 신기하게 여기지도 않고 지낼 때가 많다. 그러나 이따금 생각하면, 나 자신이 살아 있는 게 부자연스러운 듯한 기분도 든다. 그리고 운명이 일부러 나를 우롱하는 건 아닌지 의심하고 싶어진다.

23

지금 내가 사는 곳 근처에 기쿠이초(喜久井町)라는 동네가 있다. 이곳은 내가 태어난 곳이라서 다른 사람보다 잘 안다. 그렇지만 내가 집을 나와 여기저기 떠돌다 돌아왔을 때는 그 기쿠이초가 상당히 넓어져서 어느새 네고로(根來) 쪽까지 뻗어 있었다.

나와 인연이 깊은 이 동네 이름은 너무나 익히 들어 자란 탓인지, 나의 과거를 불러내는 그리운 울림을 내게 조금도 주지 않는다. 하지만 서재에 홀로 앉아 턱을 괸 채 물결 따라 내려가는 배처럼 마음을 자유로이 풀어놓으면, 때때로 나의 회상은 '기쿠이초'라는 네 글자와 딱 마주쳐 그 자리에서 잠시 사색하며 거닐기 시작한다.

이 동네는 에도가 수도였던 옛날엔 아마 존재하지 않았던 모양이다. 에도가 도쿄로 바뀌었을 때인지 아니면 훨씬 이후의 일인지 연대는 확실히 알 수 없지만, 아무튼 우리 아버지가 만든 것임은 분명하다.

우리 집안의 문장(紋章)이 국화꽃을 우물 정(井) 자로 둘러친 문양이기 때문에 이와 연관 지어 기쿠(菊)에 이도(井戶)를 사용해 기쿠이초라고 했다는 이야기는, 아버지한테 직접 들었는지 혹은 다른 사람이 알려 줬는지 아무튼 지금도 여전히 내 귀에 남아 있다. 아버지는 촌장 자리가 없어지고 나서 한때 구청장 직을 맡았기 때문에 어쩌면 그런 자유도 누릴 수 있었는지 모르겠지만, 그걸 자랑으로 여긴 그의 허영심을 이제 와서 생각해 보면 언짢은 기분은 일찌감치 사라지고 그저 미소 짓고 싶어질 뿐이다.

아버지는 더 나아가 자기 집 앞에서 남쪽으로 갈 때 반드시 올라야만 하는 기다란 비탈길에, 자신의 성인 나쓰메(夏目)라는 이름을 붙였다. 불행히도 이건 기쿠이초만큼 유명해지지 않고 그냥 비탈로 남아 있다. 그런데 얼마 전 어떤 사람이 와서, 지도에서 이 근방의 이름을 찾아봤더니 나쓰메자카(夏目坂)라는 게 있더라고 이야기했으니까 어쩌면 아버지가 붙인 이름이 여전히 도움이 되고 있는지도 모른다.

내가 와세다(早稻田)에 돌아온 건 도쿄를 떠난 지 몇 해 만이려나. 나는 지금의 거주지로 옮기기 전에 집을 찾을 목적이었는지 또는 나들이에서 돌아오는 길이었는지 오랜만에 우연히 나의 옛집 옆으로 나왔다. 그때 바깥에서 2층의 낡은 기와가 조금 보이기에 아직 살아남아 있나 보다, 하고만 생각하고 나는 그대로 지나쳐 버렸다.

와세다로 옮기고 나서 나는 다시 그 집 문 앞을 지났다. 바깥에서 들여다보니 어쩐지 예전과 달라지지 않은 듯한 느낌이었지만, 문에는 뜻밖에도 하숙집 간판이 걸려 있었다. 나는 옛날의 와세다 논밭을 보고 싶었다. 그러나 그곳은 이미 동네가 들어서 있었다. 나는 네고로의 차밭과 대숲을 한번 바라보고 싶었다. 하지만 그 흔적은 어디에서도 발견할 수 없었다. 아마 이 부근이려니 싶은 내 어림짐작이 제대로 맞는지 틀렸는지 그것조차 분명하지 않았다.

나는 멍하니 그 자리에 멈춰 섰다. 어째서 우리 집만이 과거의 잔해처럼 존재하고 있는 걸까. 나는 마음속으로 어서 집이 무너져 버렸으면 하고 생각했다.

'시간'은 힘이었다. 작년에 내가 다카다 쪽으로 산책을 간 김에 무심코 그곳을 지나가다 보니, 우리 집은 말끔히 헐리고 그 자리에 새로 하숙집을 짓고 있었다. 그 옆에는 전당포도 새로 생겼다. 전당포 앞에는 성긴 울타리가 있고 그 안에 정원수가 조금 심겨 있었다. 세 그루의 소나무는 보기에도 딱할 정도로 가지들이 잘려 나가 거의 기형아처럼 되어 있었는데, 어딘가 낯익은 기분을 내게 불러일으켰다. 예전에 '소나무 세 그루 그림자 어룽거리는 달밤이어라.'라고 읊은 건 어쩌면 이 소나무를 가리킨 게 아닐까 생각하며 나는 다시 집으로 돌아왔다.

24

"그런 곳에서 성장하면서 용케 지금까지 무사히 지낼 수 있었군요."

"암튼 그럭저럭 무사히 지내 왔습니다."

우리가 사용한 '무사히'라는 단어는 남녀 사이에 일어나는 사랑의 풍파가 없다는 의미로 이를테면 정사(情死)의 반대를 가리키는 셈인데, 나의 추궁은 간단한 이 한마디 대답으로 만족할 수 없었다.

"흔히 사람들이 이런 말을 하지요, 과자 가게에서 일하면 아무리 달콤한 걸 좋아하는 남자라도 과자가 싫어진다고. 히간(彼岸)[19] 때 경단을 빚는 모습을 집에서 보더라도 알 수 있잖아요? 빚는 사람은 그저 경단을 찬합에 채우는 것만으로 벌써 진절머리 난 표정을 지을 정도니까. 당신의 경우도 그런가요?"

"그런 것 같진 않습니다. 어쨌든 스무 살 조금 지날 때까진 아무렇지도 않았으니까요."

그 사람은 어떤 의미에서는 호남이었다.

"설사 당신이 아무렇지 않다고 해도 상대방은 그렇지 않을 경우가 없는 건 아니잖아요? 그럴 땐 아무래도 당연히 유혹당하기 십상이지요."

"이제 와서 돌이켜 보면 역시나 이런 의미에서 그런 행동을 했구나, 그런 말을 했구나 싶어 이것저것 짚이는 구석이 없는 건 아닙니다."

"그럼 전혀 알아채지 못한 거로군요?"

"네, 그렇습니다. 그런데 제 쪽에서 눈치챈 것도 하나 있었습니다. 하지만 제 마음은 아무래도 그 상대방에게 끌리지 않았습니다."

19 춘분, 추분을 중심으로 한 칠 일간.

나는 이것이 이야기의 끝인가 생각했다. 두 사람 앞에는 설날 음식이 차려져 있었다. 손님은 술을 조금도 마시지 않았고 나도 술잔에 거의 손을 대지 않았기 때문에, 술을 주고받는 일도 전혀 없었다.

"단지 그 정도만으로 지금까지 지내 올 수 있었던 거군요?" 하고 나는 맑은 장국을 마시며 확인 삼아 물어보았다. 그러자 손님은 불쑥 이런 이야기를 내게 들려주었다.

"아직 제가 남 밑에서 일하던 무렵에 어떤 여자와 이 년 남짓 만난 적이 있습니다. 상대방은 물론 평범한 여자는 아니었습니다. 하지만 그 여잔 이제 없는걸요. 목을 매어 죽어 버렸습니다. 나이는 열아홉이었어요. 열흘쯤 못 만난 그사이 죽어 버린 겁니다. 그 여자에겐 서방이 둘 있었는데, 양쪽에서 공연히 오기를 부려 몸값을 마구 올리기 시작했지요. 게다가 양쪽 다 서로 늙은 기생을 제 편으로 끌어들여 이쪽으로 와라, 저쪽으로 가지 마라, 하며 몰아세운 모양입니다……."

"당신은 그 여자를 구해 줄 수는 없었나요?"

"그 당시 저는 견습 점원을 막 시작한 애송이 처지라서 도저히 어떻게 할 수가 없었습니다."

"하지만 그 게이샤는 당신 때문에 죽은 거잖아요?"

"글쎄요……. 동시에 양쪽 서방에게 도리를 지킬 수 없었기 때문인지도 모르겠습니다만. ……그러나 우리 둘 사이엔 어디에도 가지 않는다는 약속이 있었던 게 확실합니다."

"그렇다면 당신이 간접적으로 그 여자를 죽인 셈이 될지도 모르겠군요."

"그럴지도 모릅니다."

"당신은 잠자리가 불편하진 않습니까?"

"어쩐지 불편합니다."

설날에 북적거리던 내 방은 이튿날에는 쓸쓸하리만치 조용했다. 나는 이 쓸쓸한 정초에 이처럼 가여운 이야기를 그 세배 손님한테서 들었다. 손님은 진지하고 솔직한 사람이었기에 그 이야기를 하면서도 전혀 꾸밈이 없었다.

25

내가 아직 센다기(千駄木)에 살던 무렵의 이야기니까 햇수로 치면 이미 꽤 오래전 일이다.

어느 날 나는 기리도시 쪽으로 산책을 갔다 돌아오는 길에 혼고(本鄉) 4가의 모퉁이로 나가는 대신, 좀 더 앞의 좁은 길에서 북쪽으로 꺾었다. 그 길모퉁이에는 당시 있었던 소고기 음식점 옆에 연예 극장 간판이 언제나 내걸려 있었다.

비가 내리고 있었기 때문에 나는 물론 우산을 쓰고 있었다. 거무스름한 감색 박쥐우산이었는데 위에서 새어 들어오는 물방울이 우산 자루를 타고 흘러내려 내 손을 적시기 시작했다. 사람이 별로 다니지 않는 이 골목길은 모든 흙탕을 비로 말끔히 씻어 낸 듯, 나막신 굽에 걸리는 지저분한 게 거의 없었다. 그럼에도 위를 보면 어둡고 아래를 보면 쓸쓸했다. 늘 지나다니는 탓이기도 하겠지만 내 주변에는 무엇 하나 내 시선을 끌 만한 게 보이지 않았다. 그리고 내 마음은 이 날씨와 이 주변 분위기를 아주 닮았다. 나에겐 내 마음을 부식시킬 것 같은 불쾌한 옹어리가 항상 있었다. 나는 우울한 표정으로 멍하니 빗속을 걷고 있었다.

히카게초(日蔭町)의 극장 앞까지 온 나는 느닷없이 덮개를 씌운 인력거 한 대와 마주쳤다. 나와 인력거 사이에는 아무런 방해물도 없었기 때문에, 나는 멀리서도 그 안에 탄 사람이 여자라는 걸 알 수 있었다. 아직 셀룰로이드 창문이 나오기 전이었으므로, 인력거에 자리 잡은 사람은 멀리서 그 하얀 얼굴을 내게 내보이고 있었다.

내 눈에는 그 하얀 얼굴이 무척 아름답게 비쳤다. 나는 빗속을 걸으며 물끄러미 그 사람의 모습에 푹 빠져 있었다. 동시에 저 사람은 게이샤일 거라는 추측이 거의 사실처럼 내 마음에 일었다. 그런데 인력거가 꽤 가까이 내 앞으로 왔을 때, 갑자기 내가 바라보던 아름다운 사람이 공손히 내게 절을 하고 스쳐 지나갔다. 나는 미소 지으며 보내 준 그 인사와 더불어 상대방이 오쓰카 구스오[20] 씨라는 걸 비로소 알아차렸다.

다시 만난 것은 그 후 며칠이 지나서였을까, 구스오 씨가 내게 "요전엔 실례했습니다."라고 하기에, 나는 내가 생각한 그대로를 이야기할 기분이 되었다.

"실은 어디 계시는 아름다운 분인가 싶어 지켜봤습니다. 게이샤가 아닐까, 하는 생각도 했습니다."

그때 구스오 씨가 어떤 대답을 했는지 나는 또렷이 기억할 수 없지만 구스오 씨는 조금도 얼굴을 붉히지 않았다. 그리고 언짢아하는 표정도 짓지 않았다. 내 말을 그저 그대로 받아들인 거라 여겨졌다.

---

20 오쓰카 구스오(大塚楠緒, 1875~1910): 소세키의 친구이며 미학자인 오쓰카 야스하루(大塚保治)의 아내. 미모의 재원으로 알려졌으며 소세키의 의뢰로 그녀의 소설이 《아사히 신문》에 게재되기도 했다.

그러고 나서 한참 지난 어느 날 구스오 씨가 일부러 와세다로 찾아와 준 적이 있다. 그런데 공교롭게도 나는 아내와 다투고 있었다. 나는 마뜩잖은 얼굴을 한 채 서재에 가만히 앉아 있었다. 구스오 씨는 아내와 십 분가량 이야기를 하고 돌아갔다.

그날은 그렇게 넘어갔는데 얼마 지나지 않아 나는 니시카타마치(西片町)로 사과하러 갔다.

"실은 다투던 참이었습니다. 아내도 필시 퉁명스러웠을 테지요. 저는 저대로 찌푸린 낯을 보이는 것도 실례인 것 같아, 일부러 틀어박혀 있었습니다."

이에 대한 구스오 씨의 인사도 지금은 먼 과거가 되어, 다시는 불러낼 수 없을 만큼 기억의 깊숙한 바닥으로 가라앉고 말았다.

구스오 씨가 죽었다는 연락이 온 것은 분명 내가 위장 병원에 입원해 있을 무렵이었다. 부고 알림장에 내 이름을 사용해도 괜찮은지 전화로 문의해 온 일도 아직 기억하고 있다. 나는 병원에서 '이 세상 모든 국화 던져 넣으리 그대 관 속'이라는 작별의 시를 구스오 씨를 위해 지었다. 그걸 하이쿠를 좋아하는 어떤 남자가 흡족해하며, 굳이 내게 단자쿠에 써 달라고 부탁해 가져간 것도 이젠 옛일이 되고 말았다.

26

마스(益) 씨가 어째서 그토록 딱한 처지가 됐는지 나는 알수 없다. 어쨌거나 내가 아는 마스 씨는 십배원이있다. 미스 씨의 남동생인 쇼 씨도 집이 망하자 우리 집으로 들어와 더부

살이를 하고 있었는데, 그래도 아직 마스 씨보다는 사회적 지위가 높았다. 어렸을 적 혼초(本町)의 의약품 가게에서 일하고 있을 때 요코하마(横浜)에 사는 서양인한테 귀여움을 받아 외국으로 데려가겠다는 걸 거절한 게 지금 생각하니 아쉽다는 이야기를 툭하면 늘어놓았다.

두 사람 모두 내 외가 쪽 사촌 형뻘이 되는 까닭에 마스 씨는 남동생도 만나고 우리 아버지에게 인사도 드릴 겸 한 달에 한 번쯤은 우시고메(牛込) 구석까지 전병 선물 꾸러미를 들고 자주 찾아왔다.

마스 씨는 그즈음 아마도 시바 변두리 아니면 시나가와(品川) 근처에 집을 얻어 혼자 태평스럽게 생활하며 지내고 있었던 모양으로, 우리 집에 오면 곧잘 묵었다 가곤 했다. 어쩌다 돌아가려 하면 형들이 떼로 달라붙어 "그냥 돌아가면 가만 안 둬!" 하고 잔뜩 겁을 주었다.

당시 둘째, 셋째 형은 아직 난코(南校)에 다니고 있었다. 난코는 지금의 고등상업학교 자리에 있었는데, 그곳을 졸업하면 가이세이 학교(開成學校)[21] 즉 오늘날의 대학에 들어가게 되는 모양이었다. 그들은 밤이 되면 현관 마루에 오동나무 책상을 내다 놓고 내일 배울 책을 예습한다. 예습한다고는 해도 지금 학생들이 하는 것과는 아주 달랐다. 굿리치[22]의 『영국사』 같은 책을 한 문장씩 읽고는 책상 위에 엎어 둔 채 방금 읽은 걸 그대로 암송하는 것이다.

---

21 가이세이 학교가 도쿄 의학교와 합병되어 도쿄 대학이 된 것은 1877년이다.

22 Samuel Griswold Goodrich(1793~1860): 미국의 저술가. 메이지 초기에 그의 책이 널리 읽혔다.

그 예습이 끝나면 슬슬 마스 씨가 필요해진다. 쇼 씨도 어느 틈엔가 그곳에 얼굴을 내민다. 큰형도 기분이 좋을 때면 일부러 방에 있다가도 현관까지 나온다. 그러고는 다들 한통속이 되어 마스 씨를 놀리기 시작한다.

"마스 씨, 서양사람 집에 편지를 배달할 때도 있겠지?"

"그야 직업이니 싫어도 어쩔 수 없잖아요, 가져가고말고요."

"마스 씬 영어 할 줄 알아?"

"영어를 알면 이런 일할 턱이 없잖아요."

"그래도 편지요! 하고 외치거나 뭐든 크게 소리를 질러야 하잖아?"

"그야 일본말로도 문제없어요. 외국인들도 요즘은 일본말을 알아듣는걸요."

"호오오, 그럼 그쪽에서도 뭐라 말을 하나?"

"그럼요. 페로리 부인은 당신 친절해요, 고마워요, 하며 제대로 일본말 인사를 할 정도지요."

마스 씨를 여기까지 꾀어내고서는 다들 왁자지껄 웃음을 터뜨린다. 그러고 나서 다시 "마스 씨, 뭐라 한다고? 그 부인이?" 하고 몇 번씩이나 똑같은 질문으로 언제까지고 웃음거리로 만들 속셈인 것이다. 마스 씨도 결국은 쓴웃음을 지으며 마침내 "당신 친절해요."를 그만두고 만다. 그러면 이번엔 "그럼 마스 씨, '노나카(野中)의 삼나무 한 그루'를 한번 해봐."라고 누군가가 말을 꺼낸다.

"하란다고 그렇게 선뜻 할 수 있는 게 아니에요."

"글쎄 한번 해 보라니까. 드디어 노나카의 삼나무 한 그루가 있는 데까지 가 봤더니⋯⋯."

마스 씨는 여전히 히죽히죽 웃기만 하고 응하지 않는다.

나는 끝내 마스 씨의 '노나카의 삼나무 한 그루'라는 걸 들어
보지 못했다. 지금 생각하면 그건 아무래도 군담이나 만담의
한 구절이 아니었나 싶다.

내가 어른이 될 무렵엔 마스 씨는 이제 우리 집으로 오지
않았다. 아마도 죽었으리라. 살아 있다면 무슨 소식이 있었을
것이다. 하지만 죽었다 한들 언제 죽었는지 나는 알지 못한다.

27

나는 연극에 대해 그다지 친밀감을 못 느낀다. 특히 가부
키는 이해하기 어렵다. 이는 예로부터 그 방면에서 발달해 온
연예상의 약속을 모르기 때문에, 무대 위에서 전개되는 특별
한 세계에 동화하는 능력이 내게 모자란 탓이라고 생각한다.
하지만 이뿐만이 아니다. 내가 가부키를 보면서 가장 이상하
게 느끼는 것은 배우가 자연스러움과 부자연스러움 사이를
애매모호하게 어슬어슬 걷고 있다는 점이다. 그것이 내게 엉
거주춤한 자세처럼 어정쩡한 기분이 들게 하는 것도 어쩌면
당연한 이치겠다.

하지만 무대 위에 어린아이가 나와서 새된 목소리로 가련
하고 애처로운 이야기를 할 때는 어지간한 나도 그만 절로 눈
물이 글썽여진다. 그러고는 바로 아아, 속았군 하고 후회한다.
어째서 이런 값싼 눈물을 흘리고 말았나 싶다.

"아무리 생각해도 속아 넘어가서 우는 건 싫다네."라고
나는 어떤 이에게 말했다. 연극을 좋아하는 그 상대방은 "그
게 선생님의 정상적인 상태일 테지요. 평소에 눈물을 아끼시

는 건 오히려 선생님의 격식 차린 태도가 아닌가요?" 하고 지적했다.

나는 그 주장을 받아들이기 힘들었으므로 다양한 방면에서 상대를 납득시키려 노력하는 와중에, 화제가 어느새 회화 쪽으로 미끄러져 갔다. 그 남자는 얼마 전 미술 협회 전람회에 참고품으로 나온 자쿠추[23]의 작품을 대단히 반가워하며 이에 대한 평론을 무슨 잡지에 게재한다는 소문이 있었다. 나는 나대로 그 닭 그림이 매우 마음에 들지 않았기 때문에 여기서도 연극과 마찬가지로 두 사람 사이에 논쟁이 벌어졌다.

"애당초 자네한텐 그림을 논할 자격이 없잖은가." 하고 나는 끝내 그를 매도했다. 그러자 이 한마디를 빌미로, 그는 예술 일원론을 주장하기 시작했다. 그의 주장을 간추려 말하면, 모든 예술은 동일한 근원에서 솟아 나오는 것이므로 그 가운데 한 가지만 제대로 통달한다면 다른 건 저절로 이해할 수 있다는 논리였다. 그 자리에 있던 사람 중에 그에게 동의하는 이도 적잖았다.

"그럼 소설을 쓰면 자연스레 유도도 잘하게 되는가?" 하고 나는 농담 삼아 말했다.

"유도는 예술이 아니잖아요." 하고 상대도 웃으며 대답했다.

예술은 평등관에서 출발하는 게 아니다. 설령 거기서 출발한다 해도 상이성의 관점에서 비로소 꽃피는 것이므로, 그걸 다시 옛날의 원점으로 되돌리면 그림도 조각도 문장도 완전히 헛일이 되고 만다. 거기에 무슨 공통점이 있겠는가. 설사 있다고 해 봤자 실제로 도움이 되지 않는다. 이것과 저것의 구

---

23 이토 자쿠추(伊藤若冲, 1716~1800): 에도 중기의 화가.

체적인 공통점을 발견할 수가 없는 것이다.

이런 게 그때의 나의 논지였다. 그리고 이 논지는 결코 충분하지 못했다. 좀 더 상대방의 주장을 받아들여 치밀한 해석을 내려 줄 여지는 얼마든지 있었다.

그런데 그때 자리에 있던 한 사람이 느닷없이 내 논쟁을 떠맡아 상대방에게 맞서 주었기 때문에 나도 성가셔져서 그냥 내버려 두었다. 하지만 나를 대신해 준 그 남자는 상당히 취해 있었다. 그래서 예술이 어떠니 문예가 어떠니 하며 연신 떠들어 대긴 해도 그다지 알맹이 있는 내용은 아니었다. 말투조차 곤드레만드레 취해 있었다. 처음엔 재미있어 하며 웃고 있던 사람들도 마침내 입을 다물고 말았다.

"그럼 절교하자고." 술 취한 남자가 결국 말을 꺼냈다. 나는 "절교하려면 밖에 나가서 하게나. 여기선 방해되니까."라고 주의를 주었다.

"그럼 밖으로 나가서 절교하겠나?" 하고 술 취한 남자가 상대방에게 제안해 보았지만, 그가 꿈쩍도 않는 바람에 결국 거기서 끝이 나고 말았다.

올해 설날에 있었던 일이다. 술 취한 남자는 그 후 띄엄띄엄 찾아오지만 그때의 싸움에 대해선 한마디도 하지 않는다.

28

어떤 이가 우리 집 고양이를 보고 "이 고양이는 몇 대째인가요?" 하고 물었을 때 나는 무심코 "이 대째입니다."라고 내답했는데, 나중에 생각해 보니 이 대째는 벌써 지나 사실은 삼

대째였다.

초대 고양이는 떠돌이였음에도 불구하고 어떤 의미에서 상당히 유명해졌지만[24], 그와 달리 이 대째의 생애는 주인에게조차 잊힐 정도로 짧았다. 나는 누가 어디서 그 녀석을 데려왔는지 잘 모른다. 그러나 손바닥에 올리면 올라앉을 수 있을 만큼 덩치가 자그마한 녀석이 이곳저곳을 마구 기어 돌아다니던 당시를 나는 아직 기억한다. 이 가련한 동물은 어느 날 아침 집사람이 이부자리를 걷을 때 실수로 밟아 죽이고 말았다. *끄응* 하는 소리가 나기에 이불 밑으로 기어든 녀석을 곧장 밖으로 꺼내 힘껏 치료했으나 이미 늦었다. 그러고 나서 녀석은 하루 이틀 지나 그만 죽고 말았다. 그다음에 온 게 바로 지금의 새까만 고양이다.

나는 이 검은 고양이를 귀여워하지도 미워하지도 않는다. 고양이 쪽에서도 집 안을 어슬렁어슬렁 돌아다닐 뿐, 내 곁으로 가까이 다가오는 호의를 나타낸 적이 별로 없다.

언젠가 녀석은 부엌의 찬장에 들어갔다가 냄비 안에 빠졌다. 그 냄비 안에는 참기름이 가득 들어 있었기 때문에 녀석의 몸은 머릿기름이라도 잔뜩 바른 듯 번들거리기 시작했다. 녀석이 그 번들거리는 몸뚱이로 내 원고지 위에 드러누운 탓에 종이 깊숙이 기름이 푹 배어들어 나를 곤혹스럽게 했다.

작년 내가 병을 앓기 직전에 녀석은 갑자기 피부병에 걸렸다. 얼굴에서 이마에 걸쳐 털이 점점 빠졌다. 그걸 자꾸만 발톱으로 긁어 대는 바람에 부스럼 딱지가 후드득 떨어져 그 자리에 새빨간 살이 드러났다. 나는 어느 날 식사 중에 이 흉

24   소설 『나는 고양이로소이다』의 모델이 된 것을 가리킨다.

측한 모습을 바라보며 낯을 찌푸렸다.

"저렇게 부스럼 딱지를 흘리다 혹시라도 아이한테 전염
시키면 안 되니까, 병원에 데려가 빨리 치료해 주는 게 좋아."

나는 집사람에게 이렇게 말했지만 마음속으론 병이 병인
만큼 어쩌면 완치되기 어렵겠다는 생각도 했다. 예전에 내가
아는 서양 사람이 어느 백작한테서 멋진 개를 받아 귀여워하
며 키우던 참에 언제부턴가 이런 피부병에 시달리게 되어 딱
하게 여긴 나머지 의사에게 죽여 달라고 부탁했다는 걸 나는
잘 기억하고 있었다.

"클로로폼[25]인가 뭔가로 죽게 하는 편이 오히려 고통도
없고 행복할 텐데."

나는 세 번 네 번 똑같은 말을 되풀이해 보았지만 고양이
가 여전히 내 생각대로 되지 않는 사이, 이번엔 내가 병으로
덜컥 몸져눕고 말았다. 그러는 동안 나는 그만 녀석을 볼 기회
를 갖지 못했다. 자신의 고통이 직접 자기를 지배하기 때문인
지, 녀석의 병을 생각할 여유조차 없었다.

시월에 들어서야 나는 겨우 털고 일어났다. 그리고 늘 그
렇듯 새까만 녀석을 보았다. 그런데 신기하게도 녀석의 흉측
한 빨간 살갗에 예전처럼 까만 털이 돋아나고 있었다.

"어? 나으려나?"

나는 앓고 난 후의 무료해진 눈길을 연신 녀석에게 쏟고
있었다. 그러자 나의 쇠약이 서서히 회복됨에 따라 녀석의 털
도 차츰 짙어져 갔다. 평소의 모습을 되찾으면서 이번엔 전보
다 살이 찌기 시작했다.

---

25 chloroform, 마취제.

나는 내 병의 경과와 녀석의 병의 경과를 비교해 보면서 이따금 여기에 뭔가 인연이 있는 듯한 암시를 받는다. 그러고 나선 금세 별 바보 같은 생각을 한다 싶어 미소 짓는다. 고양이는 그저 야옹야옹 울기만 할 뿐이니 녀석의 기분이 어떤지 나는 통 알 수가 없다.

29

나는 부모님의 만년에 이르러 태어난, 말하자면 늦둥이다. 나를 낳았을 때 어머니는 이 나이에 임신하는 건 남세스럽다고 했다는 이야기가 지금도 심심찮게 되풀이되고 있다.

단지 그것 때문만은 아니겠으나, 부모님은 내가 태어나자마자 나를 남의 집에 양자로 보내 버렸다. 그 양부모 집은 물론 내 기억에 남아 있을 리 없지만, 어른이 된 후 들어 보니 아무래도 고물 장사를 하며 꾸려 가는 가난한 부부였던 모양이다.

나는 그 고물상의 잡동사니와 함께 작은 소쿠리 안에 넣어져, 매일 밤 요쓰야(四谷)의 큰길 노점에 덩그러니 놓여 있었던 것이다. 그걸 어느 날 밤 누나가 무슨 볼일로 그곳을 우연히 지나가다 발견해서 가엾다고 여겼는지 품에 안고 집으로 데려왔는데, 나는 그날 밤 도무지 잠을 안 자고 거의 밤새 줄기차게 울어 댄 바람에 누나는 아버지한테 된통 꾸지람을 들었다고 한다.

나는 언제쯤 그 집에서 다시 본가로 돌아왔는지 모른다. 그러나 얼마 못 가 다시 어느 집의 양자로 보내졌다. 그건 아마도 내가 네 살 때였던 것 같다. 나는 철들 무렵인 여덟아홉

살까지 그곳에서 자랐지만 이윽고 양부모 집에 어수선한 분쟁이 일었기 때문에 또다시 본가로 돌아가야 하는 처지가 되었다.

아사쿠사에서 우시고메로 옮겨진 나는 태어난 집으로 돌아왔다는 걸 깨닫지 못한 채 부모님을 예전처럼 조부모라고만 여겼다. 그리고 변함없이 그들을 할아버지, 할머니라고 부르며 눈곱만큼도 의심하지 않았다. 부모님도 갑자기 지금까지의 습관을 바꾸는 게 어색하다고 생각해선지 내가 그렇게 불러도 내색하지 않았다.

나는 여느 막내들과는 달리 부모님한테 전혀 귀여움을 받지 못했다. 이는 내 성질이 삐딱해서라거나 또는 오랫동안 부모님과 떨어져 지냈기 때문이라든지 여러 원인이 있었다. 특히 아버지한테서 외려 가혹한 대우를 받았던 기억이 아직도 내 머리에 남아 있다. 그럼에도 불구하고 아사쿠사에서 우시고메로 옮겨진 당시의 나는 어째선지 무척 기뻤다. 그리고 그 기쁨은 누구나 쉬이 알아볼 정도로 뚜렷이 밖으로 드러났다.

멍청한 나는 진짜 부모님을 할아버지 할머니인 줄 철석같이 믿고 대체 얼마 동안이나 헛되이 보낸 것일까. 이 같은 질문을 받으면 전혀 알 길 없지만 아무튼 어느 날 밤 이런 일이 있었다.

내가 혼자 방에서 자고 있는데 머리맡에서 나지막한 소리로 연신 내 이름을 부르는 이가 있다. 나는 놀라 눈을 떴지만 사위가 깜깜한 탓에 누가 거기에 웅크리고 있는지 얼른 분간이 되지 않았다. 하지만 나는 어렸기 때문에 그저 상대방이 하는 말을 가만히 듣고만 있었다. 그런데 듣고 있는 사이, 그것이 우리 집 하녀의 목소리라는 걸 알아챘다. 하녀는 어둠 속에서 내게 속삭이듯 이렇게 말했다.

"도련님이 할아버지 할머니라고 여기시는 분들은 사실 도련님의 아버지와 어머니세요. 아까 '아마도 그래서 저렇게 이 집을 좋아하는가 봐, 거참 묘하군.' 하고 두 분이 말씀하시는 걸 제가 들었으니까 도련님에게 살짝 가르쳐 드리는 거예요. 아무한테도 얘기하면 안 돼요. 아시겠어요?"

나는 그때 그냥 "아무한테도 말 안 해."라고만 대답했으나 마음속으론 무척 기뻤다. 그리고 그 기쁨은 사실을 가르쳐 준 데서 오는 기쁨이 아니라, 단지 하녀가 내게 친절한 데서 오는 기쁨이었다. 신기하게도 나는 그토록 기쁘게 여겼던 하녀의 이름도 얼굴도 완전히 잊어버리고 말았다. 기억하고 있는 건 그저 그 사람의 친절뿐이다.

30

내가 이렇듯 서재에 앉아 있으면 찾아오는 사람들 대부분이 "이제 병은 다 나으셨습니까?" 하고 물어본다. 나는 몇 번씩이나 똑같은 질문을 받으면서 몇 번씩이나 대답을 망설였다. 그리고 결국은 언제나 똑같은 말을 되풀이하게 되었다. 그건 바로 "글쎄요, 그럭저럭 살아 있습니다."라는 이상한 인사였다.

그럭저럭 살아 있다. — 나는 이 한 구절을 오랫동안 사용했다. 하지만 사용할 때마다 어쩐지 온당치 않은 기분이 들기 때문에 스스로도 이젠 그만했으면 하고 생각해 봤지만, 내 건강 상태를 나타내 줄 만한 적당한 말로 이것 말고는 달리 찾기 힘들었다.

어느 날 T군이 찾아왔기에 이 이야기를 하며 나았다고도 할 수 없고 낫지 않았다고도 할 수 없으니 뭐라 대답해야 좋을지 모르겠다고 했더니, T군은 곧장 내게 이런 대답을 했다.

"그야 나았다고는 할 수 없겠네요. 그렇게 자주 재발한다면야. 글쎄 원래의 병이 계속되고 있는 거겠지요."

이 '계속'이라는 단어를 들었을 때 나는 좋은 걸 배웠다는 느낌이 들었다. 그래서 그다음부터는 "그럭저럭 살아 있습니다."라는 인사를 그만두고 "병은 아직 계속 중입니다."로 바꾸었다. 그리고 그 '계속'의 의미를 설명할 경우에는 어김없이 유럽의 대란을 예로 들었다.

"저는 마치 독일이 연합군과 전쟁을 하는 것처럼 질병과 전쟁을 치르고 있습니다. 지금 이렇게 당신과 마주 앉을 수 있는 건 천하가 태평스러워졌기 때문이 아니라, 참호 안으로 들어가 질병과 눈〔眼〕싸움을 하고 있기 때문입니다. 내 몸은 난세입니다. 언제 무슨 일이 일어날지 알 수 없습니다."

어떤 이는 내 설명을 듣고 재미있다는 듯 하하 웃었다. 어떤 이는 아무 말이 없었다. 또 어떤 이는 안됐다는 표정을 지었다.

손님이 돌아간 뒤에 나는 다시 생각했다. ― 계속 중인 것은 아마도 내 질병뿐만이 아니리라. 내 설명을 듣고 농담이라 여기며 웃는 사람, 영문을 모른 채 잠자코 있는 사람, 동정심에 휩싸여 안타까운 표정을 짓는 사람 ― 이 모든 사람들의 마음 깊숙한 곳에는 내가 알지 못하는, 또한 그들 자신조차 깨닫지 못한 계속 중인 무엇이 얼마든지 잠재되어 있는 건 아닐까. 만약 그들의 가슴에 울릴 만큼 큰 소리로 그게 한꺼번에

파열한다면 그들은 과연 무슨 생각을 하게 될까. 그들의 기억은 그때 이미 그들을 향해 아무 이야기도 하지 않겠지. 과거의 자각은 일찌감치 사라지고 말았을 테지. 지금과 옛날 또 그 옛날 사이에 아무런 인과 관계도 인정할 수 없는 그들은 그러한 결과에 빠졌을 때 어떻게 자신을 해석해 볼 생각인지. 결국 우리는 스스로 꿈결에 제조한 폭탄을 제각기 품에 안은 채, 한 사람도 빠짐없이 죽음이라는 먼 곳으로 담소하면서 걸어가는 건 아닐까. 다만 무엇을 그러안고 있는지 타인도 모르고 자신도 알지 못하기 때문에 행복한 거겠지.

나는 내 병이 계속되고 있음을 깨달았을 때, 유럽의 전쟁도 어쩌면 어느 시대로부터 계속된 것일 거라고 생각했다. 하지만 그게 어디서 어떻게 시작되어 어떤 곡절을 겪게 되는가, 하는 문제에 이르면 전혀 지식이 없기 때문에 '계속'이라는 단어를 이해하지 못하는 일반 사람을 나는 도리어 부럽다 여기고 있다.

31

내가 아직 초등학교에 다니던 시절에 기짱이라는 친한 친구가 있었다. 기짱은 당시 나카초(中町)의 작은아버지 집에 있었기 때문에 그곳까지 거리가 가깝지 않은 우리 집에서 매일 만나러 가기란 힘들었다. 나는 주로 직접 그곳으로 찾아가지 않고 기짱이 오기를 집에서 기다렸다. 기짱은 내가 좀처럼 가지 않아도 어김없이 제 쪽에서 나를 찾아오곤 했다. 그리고 그가 오는 곳은 우리 집의 한 칸을 빌려 종이며 붓을 파는 마쓰

(松) 씨 집이었다.

기짱에게는 부모님이 없는 것 같았지만 어린 나는 그걸 전혀 이상하다고 여기지 않았다. 아마 물어본 적도 없었으리라. 따라서 기짱이 어째서 마쓰 씨 집으로 오는지 그 이유조차도 모르고 있었다. 한참 후에나 들은 이야기지만 기짱의 아버지는 예전에 은화를 주조하던 관청에서 공무원인지 무슨 일을 할 때 위조 화폐를 만들었다는 혐의를 받아 투옥되었다가 거기서 그만 죽고 말았다고 한다. 그래서 홀로 남겨진 부인이 기짱을 시댁에 맡긴 채 마쓰 씨와 재혼했기 때문에 기짱이 가끔 친엄마를 만나러 오는 건 당연한 이야기였다.

아무것도 모르는 나는 이런 사정을 들었을 때조차 별반 이상한 느낌도 일지 않았을 정도니까, 기짱과 장난치고 뛰어다니며 놀던 무렵에 그의 처지 같은 걸 생각한 적은 단 한 번도 없었다.

기짱도 나도 한학 공부를 좋아했기 때문에 잘 알지도 못하는 주제에 자주 문장에 대해 토론을 벌이며 재미있어 했다. 그는 어디서 듣고 오는 건지 그리고 어떻게 조사해 오는 건지, 곧잘 어려운 한문책의 이름을 들먹여 나를 깜짝 놀라게 하는 일이 많았다.

그는 어느 날 내 방이나 다름없는 현관 마루에 올라앉더니 품속에서 두 권짜리 서적을 꺼내 보여 주었다. 그건 분명히 필사본이었다. 게다가 한문으로 쓰여 있었던 것 같다. 나는 기짱한테서 그 책을 받아 들고 의미 없이 여기저기를 뒤적여 보았다, 사실은 뭐가 뭔지 나는 통 알 수 없었다. 하지만 기짱은 '그게 뭔지 알겠어?' 하고 노골적으로 물어보는 성격이 아니었다.

"이건 오타 남보[26]의 자필이야. 내 친구가 이걸 팔고 싶다기에 너한테 보여 주려고 왔는데 안 살래?"

나는 오타 남보라는 사람을 알지 못했다.

"오타 남보가 대체 누군데?"

"쇼쿠산진(蜀山人) 말이야. 유명한 쇼쿠산진."

무지한 나는 쇼쿠산진이라는 이름조차 아직 모르고 있었다. 그러나 기짱의 말을 듣고 보니 뭔가 귀중한 서적이라는 느낌이 들었다.

"얼마에 팔 건데?" 하고 물어보았다.

"오십 전에 팔고 싶다던데. 어때?"

나는 생각했다. 그리고 일단은 값을 깎는 게 상책이려니 싶었다.

"이십오 전이라면 살게."

"그럼 이십오 전이라도 괜찮으니까 사 줘."

기짱은 이렇게 말하며 내게서 이십오 전을 받아 들고는 다시 그 책의 장점을 끊임없이 늘어놓았다. 나는 물론 그 책을 이해할 수 없었으니까 그리 기쁘지도 않았지만 어쨌든 손해는 안 봤을 거라는 정도의 만족감은 있었다. 나는 그날 밤 『남보유겐(南畝莠言)』[27] —— 아마도 이런 제목이었다고 기억하는데, 그 책을 책상 위에 올려놓고 잠들었다.

26 오타 남보(太田南畝, 1749~1823): 에도 후기 작가로 정확하게는 大田南畝. 호는 쇼쿠산진.

27 1817년에 쓴 수필집.

32

다음 날, 기짱이 다시 홀쩍 찾아왔다.

"어제 사 준 책 말인데."

기짱은 이렇게만 말하고 내 얼굴을 보며 우물쭈물하고 있다. 나는 책상 위에 올려놓은 서적에 눈길을 주었다.

"저 책? 저 책이 어떻게 됐어?"

"실은 그 친구네 아버지한테 들키는 바람에 아버지가 노발대발해서. 어떡해서든 돌려받아 오라고 내게 부탁했어. 나도 일단 너한테 넘겨준 거니까 싫었지만 어쩔 수 없어서 또 온 거야."

"책을 가지러?"

"꼭 그런 건 아니지만 만약 너한테 별 지장이 없다면 돌려주지 않을래? 더구나 이십오 전은 너무 헐값이라고 하니까."

이 마지막 한마디에 나는 지금까지 싸게 잘 샀다는 만족감 뒤에 어렴풋이 깃들어 있던 불쾌감 — 선하지 못한 행위에서 생기는 불쾌감 — 을 분명히 자각하기 시작했다. 그리고 한편으론 약삭빠른 나에게 화가 나면서도 다른 한편으로는 이십오 전에 책을 판 상대방에게도 화가 났다. 어떻게 이 두 가지의 회를 동시에 누그러뜨릴 수 있을까. 나는 씁쓸한 표정으로 잠시 아무 말도 하지 않았다.

나의 이런 심리 상태는 지금의 내가 어렸을 적의 자신을 회고하면서 해부하는 것이니까 비교적 명료하게 그려 낼 수 있지만, 그때의 상황에서 나는 전혀 알지 못했다. 나 자신조차 그저 씁쓸한 표정을 지었다는 결과밖에 자각할 수 없었으니까 상대방인 기짱은 물론 그 이상을 알 턱이 없었다. 쓸데없는

사족일지도 모르겠으나, 나이를 먹은 지금도 내겐 이런 현상이 흔히 일어난다. 그래서 남들한테 쉬이 오해받는다.

기짱은 내 얼굴을 보며 "이십오 전은 진짜 헐값이라는 거야."라고 했다.

나는 냅다 책상 위에 놓인 책을 집어 들고 기짱 앞에 쑥 내밀었다.

"돌려줄게."

"정말 미안해. 하여간 그 친구 물건이 아니니까 어쩔 수 없어. 아버지 집에 옛날부터 있던 걸 슬쩍 팔아 용돈으로 쓸 작정이었던 거야."

나는 잔뜩 뿔이 나서 아무 대답도 하지 않았다. 기짱은 소맷자락에서 이십오 전을 꺼내 내 앞에 놓았지만 나는 거기에 손도 대려고 하지 않았다.

"그 돈이라면 안 받아."

"어째서?"

"어째서건 안 받아."

"그래? 그렇지만 좀 싱겁잖아, 그냥 책만 돌려주는 건. 책을 돌려줄 거면 이십오 전도 받아."

나는 참을 수 없었다.

"책은 내 거야. 일단 샀으니까 당연히 내 거잖아?"

"그건 틀림없어. 틀림없는데 친구네 집도 사정이 난저하니까."

"그러니까 돌려준다잖아. 하지만 난 돈을 받을 까닭이 없어."

"그렇게 어려운 말을 하지 말고 그냥 받아 둬."

"난 주는 거야. 내 책이지만 갖고 싶다면 주겠다는 거야.

주는 거니까 책만 가져가면 될 거 아냐?"

"그래? 그럼 그렇게."

기짱은 끝내 책만 가지고 돌아갔다. 그리고 나는 아무 의미도 없이 이십오 전의 용돈을 빼앗기고 말았다.

33

이 세상에 사는 인간의 한 사람으로서 나는 완전히 고립되어 존재할 수가 없다. 자연스레 타인과 교류할 필요가 어디선가 생겨난다. 계절 인사, 용무와 관련된 상담, 그리고 한결 복잡하게 뒤얽힌 담판 — 이런 것들로부터 벗어나기란 아무리 담백한 생활을 보내는 나로서도 어려운 일이다.

나는 뭐든지 남이 하는 말을 곧이듣고 그들의 모든 언행을 정면에서 해석해야 하는 걸까. 만약 내가 타고난 이 단순한 성질에 자신을 내맡긴 채 돌보지 않는다면, 때때로 엉뚱한 사람에게 속아 넘어가는 경우가 있을 것이다. 그 결과로 뒤에서 바보 취급을 당하거나 놀림을 당하기도 한다. 극단적인 경우에는 자신의 면전에서조차 참기 어려운 모욕을 당할 수도 있다.

그렇다면 타인은 모두 닮고 닮은 거짓말쟁이들뿐이라 여겨 애초부터 상대방의 말에 귀 기울이지도 않고 마음도 주지 않는 대신, 그 이면에 숨어 있을지도 모르는 반대 의미만을 가슴에 담아 두고, 그렇게 현명한 사람이라고 자신을 평가하며 그곳에서 안주할 땅을 발견할 수 있을까. 그렇다면 나는 자칫 남을 오해할 수도 있다. 게다가 엄청난 과실을 범할 각오를 처음부터 가정하고 시작해야만 한다. 때로는 필연적인 결과로

서 죄 없는 타인을 모욕할 정도로 두꺼운 얼굴을 준비해 두지 않으면 일이 곤란해진다.

만약 나의 태도를 이 두 가지 중 어느 한쪽으로 정리해 버린다면 내 마음에는 다시 새로운 고민이 생긴다. 나는 나쁜 사람을 믿고 싶지 않다. 그리고 또한 착한 사람을 조금이라도 상처 주고 싶지 않다. 그런데 내 앞에 나타나는 사람은 죄다 악인도 아닐뿐더러 모두 선한 사람이라고도 할 수 없다. 그렇다면 나의 태도도 상대방에 따라 다양하게 바뀌지 않으면 안 된다.

이런 변화는 누구에게나 필요하며 또한 누구나 실행하고 있는 것일 테지만, 이것이 과연 상대방에게 딱 맞아떨어져 전혀 실수 없이 미묘하고 특수한 선 위를 위태롭지도 않게 걷고 있는 걸까. 나의 커다란 의문은 늘 여기에 똬리를 틀고 있다.

나의 삐딱함은 제쳐 두고, 나는 과거에 많은 사람들로부터 바보 취급을 당했다는 씁쓸한 기억을 갖고 있다. 동시에 상대방이 하는 말이나 행동을 일부러 있는 그대로 받아들이지 않고, 은근히 그 사람의 인품에 수치심을 준 것과 다름없는 해석을 한 경험도 많지 않을까 생각한다.

타인을 대하는 나의 태도는 우선 지금까지의 내 경험에서 온다. 그리고 앞뒤 관계와 주변 상황에서 나온다. 마지막으로 애매한 단어이긴 하나, 하늘이 내린 나의 직관이 얼마간 작용한다. 그러기에 상대방에게 바보 취급을 당하거나 또한 상대방을 바보 취급하기도 하며 드물게는 상대방에게 그에 걸맞은 대우를 하기도 한다.

그러나 지금까지의 경험이란 넓은 것 같으면서도 실제로는 대단히 좁다. 어떤 사회의 일부분에서 여러 번 반복된 경험을 다른 일부분으로 가져가면 도무지 통용되지 않는 경우가 많다. 앞뒤 관계라든가 주변의 상황을 말해 본들 천차만별이기 때문에 응용 범위가 제한되어 있을 뿐만 아니라 바로 그 천차만별에 대한 깊은 사려가 부족하면 도움이 안 된다. 더구나 그걸 헤아릴 시간도 재료도 충분히 주어지지 않는 경우가 많다.

그래서 나는 어쩌면 정말 있는지 없는지 알 수 없는 매우 흐릿한 자신의 직관이라는 걸 우위에 두고 타인을 판단하고 싶어진다. 그리고 나의 직관이 과연 맞는지 틀렸는지, 요컨대 객관적 사실로 그것을 확인할 기회를 갖지 못하는 경우가 많다. 여기에 또한 나의 의심이 시종 안개처럼 자욱이 끼여 내 마음을 괴롭힌다.

만약 세상에 전지전능한 신이 있다면 나는 그 신 앞에 무릎을 꿇은 채, 내게 추호의 의심조차 끼어들 여지가 없을 만큼 명료한 직관을 주시어 나를 이 번민에서 해탈시켜 주시기를 기도하리라. 아니면 이 불민한 내 앞에 나타나는 모든 사람을 구슬처럼 투명하고 정직한 사람으로 변화시켜, 나와 그 사람의 영혼이 딱 들어맞는 행복을 내려 주시기를 기도하겠다. 지금의 나는 바보라서 남한테 속임을 당하거나 혹은 의심이 깊어 타인을 받아들일 수 없거나, 이 두 가지밖에 없는 듯한 느낌이다. 불안하고 불투명하며 불쾌감으로 가득 차 있다. 만약 이것이 평생토록 지속된다면 인간이란 얼마나 불행한 존재인가.

34

내가 대학에 있을 무렵 가르쳤던 한 졸업생이 찾아와 "선생님께선 얼마 전에 고등공업학교[28]에서 강연을 하셨다면서요?" 하기에 "음, 했지."라고 대답하자 그 남자가 "한데 통 못 알아들은 모양이던데요." 하고 일러 주었다.

그때까지 자신이 한 말에 대해 그런 염려를 전혀 하지 않고 있던 나는 그의 말을 듣자마자 뜻밖의 느낌에 부딪쳤다.

"자넨 어떻게 그런 걸 알고 있나?"

이 의문에 대한 그의 설명은 간단했다. 친척인지 지인인지 모르겠으나 아무튼 그가 알고 지내는 어떤 집의 청년이 그 학교에 다니는데 그날 내 강연을 들은 결과에 대해 말하기를, 도무지 못 알아듣겠더라고 그에게 알린 것이다.

"대체 무슨 내용으로 강연하셨습니까?"

나는 그 자리에서 그를 위해 다시 지난 강연의 줄거리를 되풀이했다.

"딱히 어려울 것도 없잖은가 말이야. 어째서 그걸 못 알아들을까."

"모를 겁니다. 어차피 못 알아듣습니다."

나는 단호한 이 답변이 너무나 이상하게 들렸다. 하지만 그보다도 한층 더 세게 내 가슴을 친 것은 그만두었더라면 좋았을 텐데, 하는 후회였다. 고백하자면 나는 이 학교로부터 여러 번 강연을 의뢰받아 여러 번 거절해 왔다. 그러므로 그걸 마지막으로 떠맡았을 때의 내 마음속에는, 어떡하든 그곳에 모이는 청중에게 그만한 도움을 주고 싶다는 희망이 있었다. 그 희망이 "어차피 못 알아듣습니다."라는 그의 간단한 한마디로 멋들어지게 박살이 나고 보니, 나는 구태여 아사쿠사까

---

28 지금의 도쿄 공업 대학을 가리킨다.

지 갈 필요가 없었다고 스스로 생각하지 않을 수 없었다.

이것은 벌써 한두 해 전의 묵은 이야기지만 작년 가을에 다시 어느 학교에서 도리를 지키기 위해 어쩔 수 없이 강연을 해야 할 사정이 생겨 결국 그곳으로 갔을 때, 나는 문득 나를 후회하게 했던 지난해의 일을 떠올렸다. 게다가 그때 내가 한 강연의 제목이 젊은 청중의 오해를 불러일으키기 쉬운 내용을 담고 있었기 때문에 나는 연단에서 내려오기 직전에 이렇게 말했다.

"아마 오해는 없겠습니다만 혹시라도 방금 내가 한 이야기 가운데 불분명한 구석이 있다면 부디 우리 집으로 와 주세요. 가능한 한 여러분들께 납득이 가도록 설명해 드릴 생각이니까요."

나의 이 말이 어떤 식으로 반향을 불러올 것인지에 대한 기대는 당시의 내겐 거의 없었던 것 같다. 하지만 그러고 나서 사오 일쯤 지나 청년 셋이 내 서재로 들어온 것은 사실이다. 그중 두 사람은 전화로 미리 내 형편을 물어 왔다. 한 사람은 정중한 편지를 써서 면담 시간을 마련해 달라고 요구했다.

나는 흔쾌히 청년들을 맞이했다. 그리고 그들의 방문 목적을 확인했다. 한 사람은 내가 예상한 대로 내 강연 내용의 맥락에 관한 질문을 했는데, 나머지 두 사람은 뜻밖에도 그들의 친구가 그 가족에게 취해야 할 방침에 대한 의문점을 내게 묻고자 했다. 따라서 이는 나의 강연을 어떻게 현실 사회에 응용하면 좋을까, 하는 그들의 눈앞에 닥친 문제를 들고 온 것이다.

나는 이들 세 사람을 위해 내가 말해야 하는 걸 말하고, 설명해야 하는 걸 설명한 것 같다. 그것이 그들에게 얼마만큼 도움을 주었는가. 결과부터 말하자면 나도 알 수 없다. 하지만 그렇게 한 것만으로 나는 만족스럽다. "당신의 강연은 못 알아듣겠다던데요."라는 말을 들었을 때보다 훨씬 만족스럽다.

———

이 원고가 신문에 나간 지 이삼 일 후에, 나는 고등공업학교의 학생들로부터 네다섯 통의 편지를 받았다. 그들은 모두 내 강연을 들은 학생으로 하나같이 내가 이 글에서 언급한 실망스러움을 부정할 만한 사실을 반증으로 써 보내 주었다. 따라서 그 편지들은 모두 호의로 가득 차 있었다. 어째서 한 학생이 한 말을 청중 전체의 의견이라고 속단하는가, 하는 식의 힐난하는 내용은 한 통도 없었다. 그래서 나는 여기에 한마디를 덧붙여 나의 부족함을 사과하고 아울러 내 오해를 바로잡아 준 사람들의 친절을 고맙게 여기는 뜻을 밝혀 둔다.

35

나는 어렸을 적에 니혼바시(日本橋)의 세토모노초(瀬戸物町)에 있는 이세모토(伊勢本)라는 극장에 군담을 들으러 자주 갔었다. 지금의 미쓰코시 건너편에는 언제나 낮 공연 간판이 걸려 있었고, 그 모퉁이를 돌면 바로 고한초(小半町)에 채 미치지 못한 오른쪽에 극장이 위치해 있었다.

이 극장은 밤이 되면 주로 춤이나 음악, 마술 같은 공연을 하기 때문에 나는 낮 공연 말고는 그곳에 발을 들여놓은 적이 없지만, 횟수로 치자면 가장 많이 드나든 곳인 것 같다. 당시

내가 살던 집은 물론 다카다노바바 밑은 아니었다. 하지만 아무리 교통편이 좋았다 한들 어째서 그토록 군담을 들으러 갈 시간이 내게 있었던 것인지, 지금 생각하면 도무지 신기하기만 하다.

이 또한 지금 와서 먼 과거를 돌이켜 보는 탓이기도 하겠지만, 그곳은 극장치고는 상당히 고상한 분위기를 관객이 느낄 수 있게 만들어 놓았다. 무대 오른쪽에는 칸막이 격자를 양쪽으로 둘러쳐 놓고 그 안에 단골 객석을 마련해 두었다. 그리고 무대 뒤편이 툇마루이고 그 앞은 다시 뜰이었다. 뜰에는 매화 고목이 비스듬히 우물 위로 뻗어 있고, 갑갑한 느낌이 들지 않을 만큼의 하늘을 마루에서 올려다볼 수 있을 정도로 여분의 터를 할애했다. 그 뜰 동쪽으로는 별채 같은 건물도 보였다.

칸막이 격자 안에 있는 사람들은 시간이 남아도는 부유한 사람들이었으므로 다들 그에 어울리는 차림을 하고, 이따금 태평스레 소맷자락에서 족집게를 꺼내 끈기 있게 코털을 뽑기도 했다. 그런 한가로운 날에는 뜰의 매화나무에 휘파람새가 날아와 지저귈 듯한 느낌이었다.

막간 휴식 시간이 되면 과자를 상자에 든 채로 가져와 차를 파는 남자가 관객들에게 나누어 주며 돌아다니는 게 이 극장의 관습이었다. 상자는 얕은 장방형 모양으로 우선 누구든지 먹고 싶은 사람의 손이 닿는 곳에 한 개꼴로 적당히 놓인다. 과자는 한 상자에 열 개 남짓 들어 있었다고 생각되는데, 그걸 먹고 싶은 만큼 먹고는 나중에 그 값을 상자 안에 넣는 것이 무언의 규칙이었다. 나는 그 무렵 이 관습을 마냥 진기한 듯 흥미롭게 바라보았는데, 지금에 와서 생각해 보니 이처럼 푸근하고 느긋한 기분은 이젠 어느 극장에 가더라도 즐길 수 없을 것 같아 어쩐지 그립기만 하다.

　나는 그런 넉넉하고 조금 쓸쓸한 공기 속에서 예스러운 군담이라는 걸 여러 사람한테서 들었다. 그 가운데는 스토토코, 논논, 즈이즈이 같은 묘한 표현을 쓰는 남자도 있었다. 이 사람은 다나베 난류(田辺南龍)로 원래 다른 데서 손님들의 신발 지킴이 일을 했다고 한다. 그 스토토코, 논논, 즈이즈이는 굉장히 유명한 말이었지만 그 의미를 이해하는 사람은 한 사람도 없었다. 그는 단지 군대가 쳐들어오는 형용사로 그걸 사용했던 것 같다.

　난류는 아주 오래전에 죽고 말았다. 그 밖에 다른 이들도 대부분 죽고 말았다. 그 후의 사정을 전혀 모르는 나는 그 시절 나를 즐겁게 해 준 사람들 중에 살아 있는 이가 과연 몇이나 되는지 전혀 알지 못했다.

　그런데 언젠가 비온카이(美音會)[29]의 망년회 때 그 프로그램을 봤더니 요시와라(吉原) 유곽의 술자리 익살극인지 뭔지가 죽 나열되어 적힌 가운데서, 나는 당시에 알던 옛 친구 단 한 사람을 발견했다. 나는 신토미(新富) 극장에 가서 그 사람을 보았다. 그 목소리도 들었다. 그리고 그의 얼굴도 목소리도 예전과 조금도 달라지지 않은 데에 놀랐다. 그의 군담도 오롯이 예전 그대로였다. 진보하지 않은 대신 퇴보도 하지 않았다. 20세기라는 이 급격한 변화를 자신과 자신의 주변에 무서우리만치 의식하고 있던 나는, 그 사람 앞에 앉아 끊임없이 그와 나 자신을 마음속으로 비교하며 묵상에 잠겼다.

　그는 다름 아닌 바킨(馬琴)으로, 예전에 이세모토 극장에

29　일본의 고전과 서양 음악이 만나는 연주회로 1907년에 시작되었다.

서 난류에 버금가는 인기를 누리던 시절에는 긴료(琴僚)라 불린 젊은이였다.

36

나의 큰형은 아직 대학으로 바뀌기 전의 가이세이 학교에 다녔는데 폐를 앓아 도중에 중퇴하고 말았다. 나하고는 나이 차가 꽤 많아서 형제간의 친근함보다는 어른과 아이라는 관계가 내 머리에 깊이 박혀 있다. 특히 화를 낼 때는 이런 느낌이 강하게 나를 자극한 것 같다.

형은 하얀 피부에 콧날이 오뚝한 아름다운 남자였다. 하지만 얼굴 생김새를 보나 표정을 보나 어딘지 험상궂은 인상이라 함부로 다가갈 수 없게 하는 느낌을 타인에게 주었다.

형이 재학 중일 때는 아직 지방에서 올라온 고신세이(貢進生)[30]가 있을 무렵이었으니까 요즘 청년들은 상상하기 힘든 기풍이 교내 여기저기에 남아 있었던 모양이다. 형은 어떤 상급생한테서 연애편지를 받았다고 내게 이야기한 적이 있다. 그 상급생이란 형보다 훨씬 연상의 남자였던 모양이다. 이런 풍습이 없는 도쿄에서 자란 그는 과연 그 편지를 어떻게 처리했을까. 형은 그 일이 있고 난 후 학교 목욕탕에서 그 남자와 얼굴이 마주칠 때마다 쑥스러워 난처했다고 한다.

학교를 그만두었을 무렵의 그는 굉장히 고지식하고 항상

---

30 각 지방에서 선발되어 가이세이 학교에서 배우며 성적 우수자는 해외 유학의 기회를 얻었다. 1870년에 시작되어 이듬해 폐지되었다.

딱딱하게 굳어 있었기 때문에 부모님도 적잖이 그를 신경 쓰는 눈치였다. 더구나 병을 앓은 탓이기도 하겠지만 늘 음울한 낯으로 집 안에만 틀어박혀 지냈다.

그러다 언제부턴가 풀어지기 시작해 사람이 절로 부드러워졌는가 싶더니 그는 수입산 고급 줄무늬 무명 기모노에 폭 좁은 허리띠를 매고 저녁나절부터 집 밖으로 나돌기 시작했다. 때때로 자줏빛 거북 등딱지 무늬가 한 면에 그려진 가메세이(龜淸) 요정의 부채가 거실에 굴러다니기도 했다. 이것뿐이라면 그래도 다행인데 그는 화로 앞에 앉은 채 쉴 새 없이 연극배우들의 목소리를 흉내 냈다. 그러나 식구들은 그다지 이를 개의치 않는 낌새였다. 나도 물론 태연했다. 목소리 흉내와 동시에 손동작 놀이도 시작되었다. 하지만 이건 상대방이 필요한 탓에 매일 밤 되풀이되지는 않았으나 아무튼 묘하게 서툰 동작으로 손을 올렸다 내렸다 하며 열심이었다. 상대 역할은 주로 셋째 형이 맡았던 것 같다. 나는 진지한 표정으로 그저 지켜볼 따름이었다.

큰형은 끝내 폐병으로 죽고 말았다. 죽은 건 분명히 1887년으로 기억한다. 그런데 장례식이 끝나고 다른 절차도 마무리 지어 얼추 정리가 됐을 참에 한 여자가 찾아왔다. 셋째 형이 나가 손님을 맞이했는데 그 여자는 그에게 이런 질문을 했다.

"형님은 돌아가실 때까지 결혼을 하시진 않았는지요?"

형은 병 때문에 결혼하지 않았다.

"아니요, 마지막까지 독신으로 지냈습니다."

"그 말을 들으니 겨우 안심이 되는군요. 저 같은 사람은 어차피 남편 없이는 살아갈 수 없으니 어쩔 수 없습니다만……."

형의 유골이 묻힌 절의 이름을 듣고 돌아간 여자는 일부

러 고슈(甲州)에서 올라왔는데, 예전에 야나기바시(柳橋)의 게이샤로 있을 무렵에 형과 관계가 있었다는 이야기를 나는 그때 처음 들었다.

나는 이따금 그 여자를 만나 형에 대한 이야기를 나눠 보고 싶은 마음이 없지 않다. 하지만 만나면 필시 할머니가 되어 옛날과는 전혀 다른 얼굴을 하고 있지는 않을까 생각한다. 그리고 그 마음도 얼굴과 마찬가지로 주름져서 바싹 메말라 버린 건 아닐까, 하고도 생각한다. 만약 그렇다고 하면 그녀가 이제 와서 형의 남동생인 나를 만나는 건 그녀에게 도리어 가슴 아프도록 슬픈 일인지도 모른다.

37

나는 어머니를 기념하기 위해 여기에 뭔가 적어 두고 싶다고 생각하지만 공교롭게도 내가 아는 어머니는 내 머리에 이렇다 할 소재를 남기지 않고 떠났다.

어머니의 이름은 치에(千枝)였다. 나는 지금도 치에라는 이 단어를 그리운 것 가운데 하나로 꼽는다. 그러므로 내겐 그것이 오직 내 어머니만의 이름이며 결코 다른 여자의 이름이어서는 안 될 것 같은 느낌이 든다. 다행히 나는 어머니 말고는 치에라는 여자를 아직 만난 적이 없다.

어머니는 내가 열서너 살 때 돌아가셨는데 내가 지금 저먼 데서 불러일으키는 그녀의 환상은 기억의 실을 따라 아무리 더듬어 가 봐도 할머니로 보인다. 부모님의 만년에 태어난 내겐 어머니의 싱싱한 모습을 기억할 특권이 끝내 주어지지

않았던 것이다.

내가 아는 어머니는 항상 커다란 안경을 쓰고 바느질을 했다. 그 안경은 철사 테로 된 예스러운 느낌에, 안경알 크기가 지름 오 센티미터 이상은 되었지 싶다. 어머니는 그 안경을 쓴 채 턱을 조금 옷깃 쪽으로 끌어당기며 나를 자주 물끄러미 바라보곤 했는데, 노안의 특성을 알지 못한 그 무렵의 나는 그게 단지 그녀의 버릇인 줄로만 여겼다. 나는 이 안경과 더불어 언제나 어머니의 배경이 되었던 맹장지문 한 짝을 떠올린다. 낡은 맹장지문 종이에 생사사대무상신속운운(生死事大無常迅速云云)이라 쓴 탁본도 선명하게 눈앞에 떠오른다.

여름이면 어머니는 늘 무늬 없는 얇은 감색 홑옷을 입고 폭 좁은 까만색 공단 띠를 매고 있었다. 신기하게도 내 기억에 남아 있는 어머니의 모습은 언제나 이 한여름 옷차림으로만 머리에 떠오르기 때문에, 무늬 없는 얇은 감색 기모노와 폭 좁은 까만색 공단 띠를 지우면 그 뒤에 남는 건 오로지 그녀의 얼굴뿐이다. 어머니가 예전에 마루 끝에 앉아 형과 바둑을 두던 모습은 그 두 사람이 어우러진 그림으로 내 가슴에 담아 놓은 유일한 기념이지만, 그 자리에서도 그녀는 역시나 똑같은 홑옷을 입고 똑같은 띠를 매고 앉아 있다.

나는 끝내 한 번도 어머니의 고향에 따라가 본 적이 없기 때문에 오래도록 어머니가 어디서 시집을 왔는지 모른 채 지냈다. 스스로 나서서 물어볼 정도의 호기심은 아예 없었다. 따라서 이 부분도 역시나 어쩔 수 없이 어슴푸레 흐릿하게 보일 수밖에 없는데, 어머니가 요쓰야 오반마치(大番町)에서 태어났다는 이야기만은 분명히 들었다. 집은 전당포였던 모양이다. 곳간이 여러 채 있었노라고 예전에 누군가로부터 들은 것

같기도 하지만, 아무튼 그 오반마치라는 곳을 이 나이가 되도록 여태 가 본 적이 없는 나는 그런 자세한 내용은 까맣게 잊어버리고 말았다. 설령 그게 사실이라 한들, 내가 지금 지니고 있는 어머니의 기념 속에 곳간이 딸린 저택은 결코 등장하지 않는다. 아마도 그 무렵에는 이미 파산하고 말았으리라.

어머니가 아버지에게 시집오기 전까지 귀인의 저택에서 고용살이를 했다는 이야기도 가물가물 기억하는데 어느 무사의 저택에서 얼마나 오래 머물며 일했는지, 귀인 댁의 고용살이라는 성격조차 제대로 파악하지 못하는 지금의 내겐 그저 은은한 향기를 남기고 사라진 향 같은 것이라 전혀 종잡을 수 없는 사실이다.

하지만 그러고 보니 나는 풍속화 판화에 그려진 저택의 하녀가 걸친 화려한 무늬의 기모노를 우리 집 곳간에서 본 적이 있다. 붉은 비단을 안감으로 댄 그 기모노의 겉에는 벚꽃인지 매화인지가 온통 물들었고 군데군데 금실이나 은실 자수도 섞여 있었다. 이건 아마도 당시의 예복이었던 것 같다. 그러나 어머니가 그걸 걸쳐 입은 모습은 지금 상상해 봐도 도무지 눈앞에 그려지지 않는다. 내가 아는 어머니는 늘 커다란 돋보기를 쓴 할머니였으니까. 그뿐 아니라 나는 이 아름다운 예복이 그 후 이불로 다시 마름질되어 그 무렵 우리 집에 생긴 환자에게 덮여 있는 걸 봤을 정도니까.

38

내가 대학에서 가르침을 받았던 어느 서양인이 일본을 떠날 때 뭔가 선물을 드릴 생각으로 우리 집 곳간에서 주홍색 술 장식이 달린 아름다운 옻칠 공예 상자를 꺼내 온 것도 벌써 해 묵은 옛일이다. 그걸 아버지 앞으로 가져가 허락을 얻었을 때의 나는 전혀 아무 낌새도 알아채지 못했지만, 지금 이렇듯 붓을 들고 보니 그 상자 또한 이불로 다시 마름질된 붉은 비단 안감의 예복과 마찬가지로 젊은 시절의 어머니의 모습을 짙게 품고 있는 것만 같다. 어머니는 평생토록 아버지가 마련해 주신 옷을 입은 적이 없다는 이야기였는데, 과연 아버지가 직접 마련해 주지 않아도 될 정도로 준비를 해 왔던 것일까. 내 마음에 비친 그 무늬 없는 감색 홑옷도 폭 좁은 까만색 공단 띠도 역시나 시집올 때부터 이미 옷장 안에 있었던 것일까. 나는 다시 어머니를 만나 모든 걸 낱낱이 직접 물어보고 싶다.

장난꾸러기에다 고집이 센 나는 결코 여느 막내들처럼 어머니의 응석받이가 되지 못했다. 그럼에도 집에서 가장 나를 귀여워해 준 사람은 어머니라는 두터운 친밀감이 어머니에 대한 내 기억 속에 언제나 깃들어 있다. 애증의 감정을 제쳐 두고 생각해 봐도 어머니는 확실히 웅숭깊고 기품이 있는 부인이었다. 그리고 그 누구의 눈에도 아버지보다 더 현명해 보였다. 성미가 까다로운 형도 어머니에게만은 경외심을 지니고 있었다.

"어머니는 아무 말씀 안 하셔도 어딘가 무서운 데가 있어."

나는 어머니에 대한 형의 이 말을 저 멀리 어두운 곳으로부터 지금이라도 분명히 끌어낼 수 있다. 하지만 이것은 물이 스며들어 일그러지기 시작한 글자를 재빨리 겨우 원래 모양으로 되돌린 듯한 위태로운 내 기억의 단편에 불과하나. ㄱ 밖의 일이라면 어머니는 내게 모든 게 꿈이다. 끊어질 듯 끊어질 듯 남아 있는 그녀의 모습을 아무리 정성껏 주워 모은들 어머니의 전부를 도저히 그려 낼 수 없다. 그 끊어질 듯 남아 있는 옛날조차도 절반 이상은 이미 희미해질 대로 희미해져 손에 꽉 잡히지 않는다.

언제던가 나는 2층으로 올라가 혼자 낮잠을 잔 적이 있다. 그 무렵의 나는 낮잠을 자기만 하면 이상한 현상에 사로잡히기 일쑤였다. 내 엄지손가락이 순식간에 점점 커지면서 아무리 시간이 지나도 멈추지 않거나 반듯이 누워 바라보는 천장이 서서히 밑으로 내려와 내 가슴을 짓누르기도 하고 혹은 눈을 떠 평소와 다름없는 주위를 똑똑히 보고 있는데도 몸만 수면의 포로가 되어 아무리 발버둥 쳐도 손발을 움직일 수 없었는데, 나중에 생각해 봐도 꿈인지 제정신인지 알 수 없는 경우가 많았다. 그리고 그때도 이 이상한 현상이 나를 엄습했다.

나는 언제 어디서 저지른 죄인지 알 수 없으나 아무튼 내 것이 아닌 많은 액수의 돈을 써 버리고 말았다. 그걸 무슨 목적으로 어디에 사용했는지 그 부분도 명확하지 않지만 아직 어린 내겐 도저히 변상할 방도가 없었기 때문에 소심한 나는 잠을 자면서도 무척 고통스러웠다. 그리고 결국 큰 소리를 질러 아래층에 있는 어머니를 불렀다.

2층 계단은 어머니의 커다란 안경과 뗄 수 없는 생사사대 무상신속운운이라 적힌 탁본을 붙여 놓은 맹장지문 바로 뒤에 있기 때문에 어머니는 내 목소리를 듣자마자 2층으로 올라왔다. 나는 거기 선 채로 나를 바라보는 어머니에게 내 고민을 이야기하고 나서 도와주세요, 하고 부탁했다. 어머니는 그때 미소 지으며 "걱정 안 해도 돼. 얼마든지 엄마가 돈을 줄 거니까." 하고 말했다. 나는 굉장히 기뻤다. 그래서 마음 놓고 다시

새근새근 잠들었다.

나는 이 일이 전부 꿈인지 아니면 절반만 진짜인지 지금도 의아스럽다. 하지만 아무래도 나는 실제로 크게 소리를 질러 어머니에게 도움을 청했고 어머니 또한 실제로 나타나서 내게 위로의 말을 건넸다는 생각을 자꾸만 하게 된다. 그리고 그때 어머니의 옷차림은 언제나 내 눈에 비친 그대로 역시 무늬 없는 감색 홑옷에 폭 좁은 검은 공단 띠였다.

39

오늘은 일요일이라 아이가 학교에 가지 않는 탓에 하녀도 마음이 편해졌는지 여느 때보다 늦게 일어난 듯하다. 그래도 내가 이부자리에서 나온 건 7시 15분쯤이었다. 세수하고 나서 늘 그렇듯 토스트와 우유, 반숙 계란을 먹고 변소에 가려는데 마침 분뇨 치는 사람이 와 있기에 나는 한동안 나가 본 적이 없는 뒤뜰 쪽으로 걸음을 옮겼다. 거기엔 정원사가 광 안에서 뭔가를 정리하고 있었다. 쓸모없는 숯 가마니를 쌓아 올린 그 밑에서 불이 활활 타오르는 주변에 딸아이 셋이 기분 좋게 온기를 쬐고 있는 모습이 눈에 띄었다.

"그렇게 모닥불을 쬐면 얼굴이 새까매진단다."라고 하자 막내 아이가 "거짓말." 하고 대답했다. 나는 돌담 너머 저 멀리, 녹아내린 서리에 젖은 지붕 기와가 아침 햇살에 반짝이는 빛깔을 바라보고 나서 다시 집 안으로 들어왔다.

친척 아이가 와서 청소하는 동안 서재가 정돈되기를 기다리며 나는 책상을 툇마루로 갖고 나왔다. 거기서 햇볕이 잘 드는 난간에 몸을 기대거나 턱을 괸 채 생각에 잠기기도 하고, 또는 잠시 꼼짝도 않고 그저 영혼이 자유로이 노닐도록 내버려 두기도 했다.

산들바람이 이따금 불어와, 화분에 심긴 난의 기다란 잎사귀를 흔들었다. 정원수 사이로 휘파람새가 서툴게 지저귀는 소리가 더러 들려왔다. 매일 유리문 안에 앉아 있던 내가 아직 겨울이다 겨울이다 생각하는 사이, 봄은 어느새 내 마음을 뒤흔들기 시작했다.

나의 명상은 아무리 오래 앉아 있어도 결실을 보지 못했다. 붓을 들어 쓰려고 하면 쓸거리는 무진장 있는 것 같고 이걸로 할까 저걸로 할까 머뭇거리다 보면 더 이상 무얼 쓰건 시시하다는 태평스러운 생각도 일었다. 잠시 거기에 우두커니 서 있는 동안, 이번엔 지금껏 써 온 것들이 전혀 무의미하게 여겨졌다. 어째서 그런 걸 썼을까, 하는 모순이 나를 조롱하기 시작했다. 고맙게도 내 신경은 차분했다. 이 조롱 위에 올라타고 두둥실 높다란 명상의 영토로 올라가는 것이 내겐 무척 유쾌했다. 자신의 멍청한 기질을 구름 위에서 내려다보며 웃어 주고 싶어진 나는, 스스로 자신을 경멸하는 기분에 흔들린 채 요람에서 잠든 아기에 불과했다.

나는 지금까지 타인의 일과 나의 일을 뒤섞어 어수선하게 썼다. 타인에 대해 쓸 때는 가능한 한 상대방에게 폐가 되지 않도록 마음을 썼다. 나의 신상을 이야기할 때는 오히려 비교적 자유로운 공기 속에서 호흡할 수 있었다. 그럼에도 나는 아직 나에 대한 분칠을 완전히 떨쳐 낼 수 있을 정도까지는 이르지 못했다. 거짓말로 세상을 속일 만큼 뽐내지 않았다고는 해도 좀 더 천한 부분, 좀 더 나쁜 부분, 좀 더 체면을 잃을 만한 자신의 결점을 발표하지 못한 채 끝나고 말았다. 성 아우구스티누스의 참회, 루소의 참회, 오피엄 이터의 참회[31] — 이런 걸 아무리 더듬어 가 봤자 참된 사실은 인간의 힘으로 기술될 수 없다고 누군가 말한 적이 있다. 하물며 내가 쓴 것은 참회가 아니다. 나의 죄는 — 만약 그걸 죄라고 할 수 있다면 — 굉장히 밝은 부분만을 비춘 것이리라. 여기에 어떤 이는 다소 불쾌감을 느낄지도 모른다. 하지만 나 자신은 지금 그 불쾌감 위에 올라앉아 보통 사람들을 두루 둘러보며 미소 짓고 있다. 지금까지 시시한 내용을 써 온 자신마저도 똑같은 눈으로 둘러보며 마치 그게 타인이었나 싶은 느낌을 안고 역시 미소 짓고 있다.

여전히 휘파람새가 뜰에서 이따금 운다. 봄바람이 간간이 생각났다는 듯 불어와 난 잎사귀를 흔든다. 고양이가 어딘가에서 심하게 물린 관자놀이를 햇살에 내놓고 포근히 잠들었다. 조금 전까지 뜰에서 고무풍선을 띄우며 시끌벅적하던 아이들은 다 같이 활동사진을 보러 가 버렸다. 집도 마음도 고즈넉한 가운데 나는 유리문을 활짝 열어 놓고 고요한 봄볕에 감싸인 채 황홀하게 이 원고를 끝낸다. 그러고 나서 나는 잠시 팔베개를 하고 이 툇마루에서 한숨 잘 생각이다.

---

31   영국 문학가 토머스 드 퀸시(Thomas De Quincey, 1785~1859)가 쓴 『어느 영국인 아편 중독자의 고백(Confessions of an English Opium Eater)』을 가리킨다.

입사의 말

대학을 떠나 아사히(朝日) 신문사에 들어갔더니 만나는 사람마다 다들 놀란 표정을 짓는다. 그 가운데는 무엇 때문이냐고 묻는 사람이 있다. 큰 결단이라며 칭찬하는 사람도 있다. 대학을 그만두고 신문쟁이가 되는 게 그 정도로 신기한 현상인 줄 몰랐다. 내가 신문쟁이로 성공할지 못 할지는 애당초 의문이다. 성공하지 못할 거라 예측하여 십여 년의 경력을 하루아침에 뒤바꿔 버린 게 무모하다고 놀라는 거라면 그럴 만도 하다. 이렇게 말하는 본인조차 이 점에 대해 놀라고 있다. 하지만 대학에서의 영예로운 지위를 팽개치고 신문쟁이가 된 게 놀랍다는 거라면 그러지 마시길 바란다. 대학은 명예로운 학자의 둥지를 파먹는 곳인지도 모른다. 존경받을 만한 교수와 박사가 숨어 지내는 굴인지도 모른다. 이삼십 년 꾹 참으면 관직에 오를 수 있는 곳인지도 모른다. 그 밖에 여러모로 편리한 곳인지도 모른다. 과연 이렇게 생각해 보니 훌륭한 곳이다. 아카몬(赤門)[32]을 뚫고 들어와 강단에 올라서고자 하는 후보자는 ― 계산해 보지 않아 몇 명이나 되는지 알 수 없지만 일

일이 물어보며 돌아다닌다면 어지간히 시간 때울 만큼은 많으리라. 대학이 훌륭한 곳임은 이것으로도 알 수 있다. 나도 전적으로 동의한다. 그러나 동의한다는 건 대학이 훌륭한 곳이라는 점에 동의를 표한 것일 뿐, 신문쟁이가 훌륭하지 않은 직업이라는 점에 찬성의 뜻을 나타낸 거라고 지레짐작해선 안 된다.

신문사가 장사라면 대학도 장사다. 장사가 아니라면 교수나 박사가 되고 싶어 할 필요가 없을 것이다. 월급을 올려 달라고 할 필요가 없을 것이다. 관리가 될 필요가 없을 것이다. 신문사가 장사인 것처럼 대학도 장사다. 신문사가 천박한 장사라면 대학도 천박한 장사다. 단지 개인이 영업하는 것과 주인이 영업하는 것, 그 차이뿐이다.

대학에서는 사 년간 강의를 했다. 특별한 분부를 받아 외국 유학을 다녀온 이 년의 두 배를 의무연한으로 하면 올 사월에 마침 기한이 끝나는 셈이다. 기한이 끝나도 밥벌이가 없으면 언제까지고 매달리고 달라붙어 죽어도 떠나지 않을 작정이었다. 그러던 중에 느닷없이 아사히 신문사로부터 입사하지 않겠느냐는 제안을 받았다. 담당하는 일을 물으니 그저 문예에 관한 창작물을 적절한 분량으로 적절한 때에 공급하면 된다고 했다. 문예상의 저술을 생명으로 삼는 내게 이토록 고마운 일은 없다, 이토록 기분 좋은 대우는 없다, 이토록 명예로운 직업은 없다. 성공할지 못 할지 따위를 생각하고 있을 게 못 된다. 박사나 교수나 관리 같은 걸 염두에 두고 끙끙, 끼잉 거릴 게 못 된다. 대학에서 강의를 할 때는 언제나 개가 짖어

32 도쿄 대학교 정문의 남쪽에 있는 붉은 문을 가리킨다.

대서 불쾌했다. 내 강의가 시원찮았던 것도 절반은 이 개 때문이다. 실력이 부족한 탓이라고는 결코 생각하지 않는다. 학생들에겐 좀 안됐지만 오로지 개 때문이니까 불평을 하려거든 그쪽으로 가 주기 바란다.

대학에서 가장 기분이 좋았던 것은 도서관 열람실에서 신착 잡지들을 볼 때였다. 하지만 다망하다 보니 마음껏 이용하지 못한 게 참으로 유감스럽다. 더욱이 내가 열람실에 들어가면 옆방에 있는 직원이 터무니없이 큰 소리로 이야기를 하며 웃고 장난을 친다. 고상한 즐거움을 이루 말할 수 없이 흩트려 놓았다. 어느 날 나는 쓰보이(坪井) 학장에게 편지를 올려 황송하오나 과감한 조처를 바랐다. 학장은 상대해 주지 않았다. 내 강의가 시원찮았던 것은 절반은 이 때문이다. 학생들에게는 좀 안됐지만 도서관과 학장이 잘못한 거니까 불평하려거든 그쪽으로 가 주기 바란다. 내 실력이 부족하다고 여긴다면 더없이 곤혹스럽다.

아사히 신문사 쪽에서는 회사에 나올 필요는 없다고 한다. 매일 서재에서 용무를 보면 그걸로 족하다. 내가 거주하는 집 근처에도 개는 상당히 있고 도서관 직원처럼 시끄럽게 떠드는 사람도 나올 게 틀림없다. 그러나 그건 아사히 신문사와는 아무런 상관이 없는 일이다. 아무리 불쾌해도, 방해를 받아도 신문사와는 재미있게 일할 수 있다. 고용인이 고용주를 위해 재미있게 일할 수 있다면, 이것이 진정 바람직한 것이다.

대학에서는 강사로서 연봉 800엔을 받았다. 아이가 많고 집세가 비싸 800엔으로는 도저히 꾸려 나가기 힘들다. 어쩔 수 없이 다른 두세 군데 학교를 뛰어다니며 간신히 하루하루를 넘겼다. 그 어떤 소세키도 이렇듯 분주하여 지칠 대로 지치면 신경 쇠약에 걸리기 마련이다. 게다가 다소 저술을 해야만 한다. 별난 호기심에 저술을 하기 때문이라 말한다면 그러라고 하겠지만, 근래의 소세키는 뭔가 쓰지 않으면 살아 있음을 느끼지 못한다. 그뿐만이 아니다. 가르치기 위해 또는 수양을 위해 책을 읽지 않으면 세상에 대해 면목이 없다. 소세키는 이러한 사정으로 인해 신경 쇠약에 빠진 것이다.

신문사로부터는 교사로서 돈벌이하는 걸 금지당했다. 그 대신 생활이 궁핍하지 않을 정도의 급료를 준다. 먹고살 만하다면야 무얼 고민하며 어설픈 영어를 뽐낼 필요가 있겠는가. 그만두지 말라고 해도 그만두련다. 그만둔 다음 날부터 갑자기 등짝이 가벼워지고 폐에는 미증유의 엄청난 공기가 들어왔다.

학교를 그만두고 나서 교토(京都)로 놀러 갔다. 그곳에서 옛 친구들을 만나 산으로 들로 신사(神社)로 절로, 그 어딘들 교실보다는 유쾌했다. 휘파람새는 물구나무서서 첫울음을 내지른다. 나는 마음을 비우고 사 년간의 먼지를 폐 깊숙한 곳으로부터 토해 냈다. 이것도 신문쟁이가 된 덕분이다.

인생이란 상대방의 의기에 감동하는 법이다, 하는 말이 있다. 괴짜인 나를 괴짜에게 어울리는 상황에 놓아 준 아사히 신문사를 위해, 괴짜로서 힘껏 최선을 다하는 것은 나의 기꺼운 의무다.

작가의 생활

내가 막대한 부를 쌓았다거나 멋들어진 집을 지었다, 또는 토지 가옥을 매매하여 돈벌이를 하고 있다는 둥 온갖 소문이 세상에 나도는 모양인데 모두 거짓이다.

막대한 부를 쌓았다면 우선 이처럼 꾀죄죄한 집에 들어앉을 리가 없다. 토지 가옥을 어떤 절차를 거쳐 사는지조차 알지 못한다. 이 집만 해도 내 집이 아니라 셋집이다. 다달이 집세를 지불하고 있다. 세상의 소문이란 무책임한 것이라 생각한다.

먼저 내 수입을 한번 생각해 주기 바란다. 내가 어떻게 막대한 부를 얻을 수 있겠는가 — 이렇게 말하면 그럼 당신의 수입은? 하고 물어볼지도 모르겠는데 고정 수입이라면 아사히 신문사로부터 받는 월급이다. 월급이 얼마인지 내 쪽에서 말해도 괜찮은지 안 괜찮은지 나는 알 수 없다. 듣고 싶으면 신문사 쪽으로 알아봐 주기 바란다. 그리고 다른 수입은 저서다. 저서는 열대여섯 권 있는데 죄다 인세를 받는다. 그렇다면 또 인세는 몇 할이냐고 물어볼 테지만, 내 경우 다른 사람보다는 조금 높다고 한다. 이걸 말해 버리면 출판사가 난처해질지도 모른다. 가장 많이 팔린 건 『나는 고양이로소이다』이고 종래의 국판 책 외에 최근 축쇄판이 나왔다. 이 두 가지를 합해 35판, 부수는 초판이 이천 부이고 2판부터는 대개 천 부다. 하지만 이 35판이라는 건 상권이며 중권과 하권은 판수가 훨씬 적다. 몇 할의 인세를 받아 보았자 저서로 돈을 벌어들인다는 건 빤한 일이다.

하여간 책을 써서 파는 일을 나는 가능하면 하고 싶지 않다고 생각한다. 책을 팔게 되면 다소 욕심이 생겨 좋은 평판을 바라거나 인기를 얻고 싶다는 생각이 알게 모르게 생겨난다. 성품이, 그리고 책의 품위가 얼마간 천박해지기 십상이다. 이상적으로 말하자면 자비로 출판해서 동호인들에게 무료로 나눠 주면 가장 좋겠지만 나는 가난하기 때문에 그럴 수가 없다.

의식주에 대한 집착은 나 역시 없는 건 아니다. 좋은 옷을 입고 맛있는 음식을 먹고 멋진 집에 살고 싶다는 생각이 없지 않지만, 단지 그럴 수 없으니까 이런 곳에서 만족한다.

아름다운 옷은 좋아한다. 굳이 유행을 좇을 생각도 없고 이젠 나이가 든 탓에 멋을 부린들 소용없다 여기기 때문에 아내가 장만해 주는 옷을 잠자코 입고 있으나, 여자들이 잘 차려입은 걸 보면 역시나 멋지다고 여긴다.

음식은 술 미시는 사람들처럼 담백한 것을 나는 먹지 않는다. 나는 농후한 음식이 좋다. 중국요리, 서양 요리가 무난하다. 일본 요리는 먹고 싶다는 생각이 없다. 그렇긴 하나 중국요리나 서양 요리도 어느 미식가가 말하듯 어디 가게의 무슨 음식이 아니면 안 된다고 할 만큼 미각이 뛰어난 것은 아니다. 유치한 미각으로 기름진 음식을 즐길 뿐이다. 술은 마시지 않으며 일본 술 한 잔 정도는 맛있다 여기지만 두세 잔 이상은 못 마신다.

그 대신 과자는 먹는다. 그렇다 해도 있으면 먹는다는 것이지 굳이 사 먹을 정도는 아니다. 엽차도 맛있게 마시지만 손수 차를 대접할 줄은 모른다. 담배는 피운다. 잠시 끊은 적도 있지만 담배를 피우지 않는 게 딱히 자랑거리도 아니라 여겨, 다시 피우기 시작했다. 너무 많이 피워 혀가 까칠해지거나 위장이 안 좋아지면 잠깐 끊지만, 나으면 다시 피운다. 늘 집에서 피우는 건 아사히(朝日)다. 가격이 얼마인지는 몰라도 저렴할 텐데 아내가 이것만 사다 놓으니 이걸 피운다. 외출했을 경우에만 시키시마(敷島)를 사서 피우는 것은 십 전 은화 한 닢을 내밀면 거스름돈이 생기지 않아 편리하기 때문이다. 아사히보다 맛있는지 어떤지, 나는 알 수 없다.

집에 대한 취미는 남들만큼 가졌는데 일전에도 아자부(麻布)에 골동품을 구경하러 나갔다가 돌아오는 길에 남의 집을 둘러보고 왔다. 언뜻 눈에 띄는 집들을 들여다보며 일일이 점수를 매겨 보았다. 나는 집을 짓는 것이 일생의 목적도 그 무엇도 아니지만 훗날 돈이라도 좀 생기면 집을 지어 보고 싶은 생각이 있다. 하지만 가까운 장래에 가능할 것 같지 않으니, 어떤 집을 지을지 딱히 설계를 해 본 적은 없다.

이 집은 방이 일곱 개쯤 되는데 내가 두 개를 쓰고 아이가 여섯이나 되다 보니 좁다. 집세는 35엔이다. 집주인은 다른 집과 균형을 맞춰야 하니까 40엔이라고 말해 달라고 하는데, 굳이 거짓말을 할 것도 없다는 생각에 남들한테는 정직하게 35엔이라고 말한다. 집주인이 화낼지도 모르겠다. 대지는 삼백여 평 되니까 마당이 좁은 편은 아니다. 그런데 정원수는 모두 직접 심은 것이니까 이런 마당이 딸린 집이라면 35엔이나 40엔으로는 빌릴 수 없을 것이다. 정원사 양반이 제멋대로 여서 한번 손질을 부탁하면 내 쪽에서 부르지 않아도 이따금 젊은이를 데리고 일하러 오곤 한다. 족히 한 달 넘게 짤각짤각 소리 내며 언저리를 매만지기도 한다. 대놓고 거절하기도 이상하다 싶어 아무 말 않고 있지만 꽤나 돈이 든다.

나는 좀 더 밝은 집이 좋다. 좀 더 깔끔한 집에 살고도 싶다. 내 서재의 벽은 허물어지고 천장은 빗물이 새어 얼룩진 게 상당히 지저분하지만 딱히 천장을 살펴봐 주는 사람도 없으니 그대로 내버려 둔다. 아무튼 다다미가 아닌 마루방의 널빤지 틈새로 바람이 들이쳐 겨울나기가 힘들다. 햇볕도 잘 들지 않는다. 이곳에 앉아 책을 읽고 글을 쓴다는 건 괴로운 일이지만, 신경 쓰기 시작했다간 끝이 없으니까 개의치 않을 뿐이다. 일전에 어떤 이가 와서 천장을 바를 종이를 주겠다고 말했으나 사양했다. 특별히 내가 이런 집을 좋아해서 이렇듯 침침하고 지저분한 집에 살고 있는 게 아니다. 부득불 어쩔 수 없기 때문이다.

오락 같은 것엔 그다지 생각이 없다. 당구는 칠 줄 모르고 바둑이나 장기도 아무것도 모른다. 연극은 최근 무슨 그럴 만한 사정이 있어 얼핏 들여다보긴 했으나, 절로 머리가 숙여지는 기분으로 본 연극은 하나도 없었다. 재미있다고 여길 리가 없다. 음악도 마찬가지다. 서양 음악 가운데 괜찮은 걸 들으면 어떨지 모르겠으나 나는 여태껏 그런 서양 음악을 들은 적이 없는 탓인지, 아직은 좋은 서화를 봤을 때만큼의 감흥을 느낀 적조차 한 번도 없다, 일본 음악은 더더욱 변변찮게 여긴다. 단지 요쿄쿠(謠曲)[33]는 즐긴다. 햇수로 육칠 년이 되었는데 이마저 게으름을 피우고 있으니 전혀 실력이 늘지 않는다. 선생님은 호쇼 아라타(寶生新) 씨다. 무엇보다 나는 예술적으로 하고 있는 게 아니라, 얼추 운동한다는 마음으로 웅얼거리고 있을 뿐이다.

다만 서화에는 조금 자신이 있다. 감히 조예가 깊다고 말하는 건 아니지만, 좋은 서화를 봤을 때만은 절로 머리가 숙여지는 기분이 된다. 부탁을 받아 글씨를 쓰기도 하는데, 자신만의 방식으로 쓸 뿐 딱히 연습한 적은 없다. 그야말로 창피를 무릅쓰는 것이다. 골동품도 좋아하지만 흔히 말하는 골동품 취미는 아니다. 우선 돈이 허락하지 않는다. 자신의 호주머니 형편에 맞는 걸 모으는 터라 지식은 전무하다. 어디서 만들었는지, 가격은 어느 정도인지 따위는 도통 알지 못한다. 그러나 자신의 마음에 안 드는 물건이라면 수만 엔짜리 고가품일지라도 사양한다.

명창정궤(明窓淨机).[34] 이것이 내 취미겠다. 한가로움을 사랑한다.

자그맣게 빈둥빈둥 지내고 싶다.

밝은 게 좋다. 따스한 게 좋다.

성격은 신경과민한 편이다. 세상사에 대해 지나치게 감동하여 곤혹스럽다. 그런가 하면 또 신경이 둔감한 구석도 있다. 의지가 강해 억누르는 힘이 있기 때문은 아닐 것이다. 완전히 신경 감각이 둔한 부분이 어딘가에 있는 모양이다.

세상사에 대한 애증은 많은 편이다. 가까이 두고 쓰는 도구에도 마음에 드는 것과 싫은 게 많으며 사람이라도 말투나

33 일본 연극 노가쿠(能樂)의 대본에 가락을 붙여 노래하는 것.
34 밝은 창에 깨끗한 책상이라는 뜻으로, 검소하고 깨끗하게 꾸민 방을 이른다.

태도, 일 처리 방식 등에 따라 좋아하는 사람과 싫은 사람이 갈린다. 어떤 걸 좋아하고 어떤 걸 싫어하는지에 대해선 머잖아 다시 이야기할 기회가 있지 않을까 싶다.

아침엔 7시경 기상. 밤엔 보통 11시 전후에 잠든다. 점심 후에 한 시간 정도 선잠을 자기도 하는데, 그리하면 머리가 아주 산뜻해지는 듯하다. 외출을 꺼리는 편이라 별로 밖으로 나가지 않는데, 이따금 산책은 한다. 볼일이 생겨 어쩔 수 없이 외출해야 하는 경우도 더러 없지 않다. 사람을 방문하러 나가기도 하지만 새해나 추석 명절의 인사 나들이 같은 건 절대 하지 않는다. 또한 할 필요가 없다고 생각한다.

집필하는 시간은 딱히 정해진 게 없다. 아침에 하기도 하고 오후나 밤에도 한다. 신문 소설은 매일 한 회씩 쓴다. 몇 회씩 써 모아 두면 어쩐지 잘 풀리지 않는다. 역시나 하루 일 회분을 쓰고 붓을 멈췄다가 내일까지 머리를 쉬게 해 두는 게 도움이 되는 것 같다. 단숨에 작업을 끝내는 식으로 쓰진 않는다. 일 회분을 쓰는 데에 대개 서너 시간이나 걸린다. 하지만 때에 따라 아침부터 밤까지 걸려서도 일 회분을 완성하지 못하는 경우도 있다. 시간이 넉넉하다고 생각하면 역시나 오랜 시간이 걸린다. 오전밖에 시간이 없다 여기고 작업할 때는 또한 그 촉박한 시간에 맞춰진다.

장지문에 햇살이 비치는 곳에서 글을 쓰는 게 가장 좋지만 이 집에선 그렇게 할 수 없으니, 가끔 햇빛 드는 툇마루에 책상을 갖고 나와서 머리에 햇볕을 쬐며 작업하기도 한다. 너무 더워지면 밀짚모자를 쓰고 글을 쓸 때도 있다. 이렇게 하면 글이 잘 써지는 것 같다. 온통 밝은 곳이 좋다.

원고지는 19자(字) 칸에 열 줄짜리 괘지로, 윤곽은 하시구치 고요(橋口五葉) 군이 그려 준 것을 슌요도(春陽堂)에 인쇄를 부탁했다. 19자 칸으로 한 것은 이 원고지를 마련할 때 신문이 19자였기 때문이다. 펜은 처음에 G의 금펜을 사용했다. 오륙 년은 썼던 것 같다. 그 후 만년필로 바꾸었다. 지금 사용하는 만년필은 두 번째 오노토(Onoto)다. 굳이 이게 좋다고 여겨 사용하는 건 아니다. 마루젠의 우치다 로안(內田魯庵) 군에게 받았으니 사용하고 있을 뿐이다. 붓으로 원고를 쓴 적은 지금껏 한 번도 없다.

이상한 소리

상

꾸벅꾸벅 졸다가 잠이 깼다. 옆방에서 이상한 소리가 난
다. 처음엔 무슨 소리인지 어디서 나는지도 확실하게 분간할
수 없었는데, 가만히 듣고 있자니 차츰 귓속에서 생각이 정리
되었다. 아무래도 강판에다 무 같은 걸 사각사각 갈아 대고 있
는 게 분명하다. 나는 틀림없다고 여겼다. 그런데 지금 어디에
쓰려고 옆방에서 무즙을 만들고 있는지 짐작하기 어렵다.

말하는 걸 깜빡했는데 이곳은 병원이다. 요리사는 멀찍이
떨어져 있는 두 층 아래 부엌이 아니고선 한 사람도 없다. 병
실에서는 취사 조리는 물론 과자도 금지되어 있다. 더구나 난
데없이 이 시간에 어째서 무즙을 만드는지. 분명 다른 소리가
강판 소리처럼 내게 들린 게 확실하다고 곧장 마음속으로 깨
닫기는 했으나, 그렇다면 과연 어디서 어떻게 소리가 나는 걸
까 궁리해 봐도 여전히 모르겠다.

나는 모르면 모르는 채로, 좀 더 의미 있는 일에 자신의 머리를 써야겠다고 시도했다. 하지만 한 번 귀에 박힌 이 불가사의한 소리는 잇따라 내 고막에 호소하면서 묘하게 신경을 건드린 탓에 아무리 애써도 잊을 수 없었다. 사위(四圍)는 쥐 죽은 듯 고요하다. 이 병동에 불편한 몸을 내맡긴 환자들은 약속이나 한 듯 잠잠하다. 잠들었는지 생각에 잠겼는지, 이야기를 나누는 이는 한 사람도 없다. 복도를 오가는 간호사의 슬리퍼 소리조차 들리지 않는다. 그런 가운데 쓱쓱 무언가 문질러 대는 듯한 이 이상한 울림만이 신경 쓰였다.

내 방은 원래 특실로 방 두 칸이 이어져 있던 것을 병원 사정으로 하나씩 나눈 것이다. 그래서 화로가 놓인 작은 방은 벽이 옆방과 경계를 이루지만, 이부자리가 깔린 큰 방은 동쪽에 작은 벽장이 있고 그 옆이 바쇼후(芭蕉布)[35] 맹장지문이라 곧장 이웃으로 왕래가 가능하다. 이 칸막이가 하나를 드르륵 열기만 하면 옆방에서 무얼 하고 있는지 손쉽게 알 수 있겠지만, 타인에게 그런 무례를 무릅쓸 만큼 대단한 소리가 아님은 물론이다. 때마침 무더워지는 계절이었으므로 툇마루는 항상 활짝 열어젖혀 있었다. 툇마루는 처음부터 건물 전체에 좁고 기다랗게 이어져 있었다. 하지만 환자가 마루 끝에 나가 서로 훤히 들여다보는 민망함을 피하기 위해 일부러 방 두 개마다 여닫이문을 달아 이웃 간의 경계로 삼았다. 이것은 판자 위에 십자 모양 문살을 대어 멋스러웠는데, 하녀가 매일 아침 걸레질을 할 때면 밑에서 열쇠를 가져와 일일이 이 문을 따고 들어가곤 했다. 나는 일어나 문턱에 섰다. 그 소리는 이 출입문 뒤

35　파초 섬유로 짠 천. 오키나와 특산 여름 옷감.

에서 나는 듯하다. 문 아래는 약간 트여 있었으나 거기선 아무것도 보이지 않았다.

　이 소리는 그 후로도 자주 반복되었다. 어떤 때는 오륙 분씩 이어져 내 청신경을 자극하는 일도 있었고, 또 어떤 때는 채 이삼 분도 되지 않아 뚝 그치고 말았다. 하지만 그게 무슨 소리인지는 결국 알지 못한 채 지나갔다. 환자는 조용한 남자였는데, 이따금 한밤중에 간호사를 나직이 깨우곤 했다. 간호사가 참으로 기특한 여자여서 나지막이 한두 번 부르는 소리에 산뜻하고 상냥하게 "네."라고 대답하고는 곧장 자리에서 일어났다. 그러고는 환자를 위해 뭔가 준비하는 모양이었다.

　어느 날 옆방으로 의사가 회진하러 왔을 때 여느 때보다 꽤 시간이 걸린다 싶었는데 마침내 나직한 말소리가 들리기 시작했다. 두세 사람이 주거니 받거니 좀처럼 일이 잘 풀리지 않는 눅눅한 분위기를 띠고 있었다. 드디어 의사 목소리로 "어차피 그렇게 당장 완쾌되진 않습니다."라는 말만이 또렷이 들렸다. 그러고 나서 이삼 일 지나 그 환자 방에 조곤조곤 드나드는 사람 낌새가 났는데, 하나같이 자신의 행동거지가 환자에게 거슬리지 않도록 조심스레 움직이고 있다고 여기는 터에 어느새 환자 자신도 그림자처럼 어디론가 떠나 버렸다. 그리고 그 뒤 바로 다음 날부터 새 환자가 들어왔고, 입구 기둥에 하얗게 이름을 쓴 까만색 표찰이 내걸렸다. 그 이상한 사각사각 소리를 끝내 밝혀내지 못하는 사이에 환자는 퇴원하고 말았다. 머지않아 나도 퇴원했다. 그리고 그 소리에 대한 호기심은 그렇게 사라졌다.

하

석 달쯤 지나 나는 다시 같은 병원에 들어갔다. 방은 지난 번과 번호만 하나 다를 뿐인 서쪽 옆방이었다. 벽 하나를 사이에 둔 옛 거처에는 누가 있을까 싶어 주의를 기울여도, 종일토록 달그락 소리 하나 없다. 비어 있었던 거다. 그 옆이 다름 아닌 바로 이상한 소리가 났던 장소인데, 그곳엔 지금 누가 있는지 알지 못했다. 나는 그 후에 너무나 극심한 신체 변화를 겪었고 급기야 그 극심함이 머리에까지 미쳤는지 얼마 전부터 과거의 그림자로 인한 동요가 끊임없이 현재를 향해 파문을 일으켰다. 그런 탓에 강판 따위의 일은 아예 떠올릴 겨를조차 없었다. 그보다는 오히려 자신과 비슷한 운명을 지닌 입원 환자의 경과 쪽에 더 마음 쓰였다. 간호사에게 일등실 환자는 몇 명인가 하고 물으니 세 사람뿐이라고 대답했다. 위중한가, 하고 물으니 그런 것 같다고 한다. 그러고 나서 하루 이틀 지나 나는 그 세 사람의 병명을 간호사에게 확인했다. 한 사람은 식도암이었다. 또 한 사람은 위암이었고, 나머지 한 사람은 위궤양이었다. 다들 오래 버티지 못할 사람들뿐이라더군요, 하고 간호사는 그들의 운명을 뭉뚱그려 예언했다.

나는 툇마루에 둔 작은 베고니아 꽃을 보며 지냈다. 실은 국화를 살 생각이었는데 꽃집 주인이 십육 관이라 하기에 오 관으로 깎아 달라고 흥정을 해도 듣지를 않았다. 그래서 오는 길에 그럼 육 관을 줄 테니 깎아 달라고 해도 역시나 들어주질 않았다. 올해는 물난리로 국화가 비싼 거라고 설명하던, 베고니아를 가져온 사람의 이야기를 떠올리며 시끌벅적한 거리의

엔니치(緣日)[36] 야경을 머릿속에 그려 보기도 했다.

마침내 식도암 남자가 퇴원했다. 위암 환자는 죽는 건 체념하기만 하면 아무것도 아니라며 아름답게 죽었다. 위궤양 환자는 점점 나빠졌다. 한밤중에 눈을 뜨면 때때로 동쪽 끄트머리에서 간병인이 얼음을 깨는 소리가 났다. 그 소리가 그침과 동시에 환자는 죽었다. 나는 일기에 적었다. ─ "세 명 가운데 두 사람 죽고 나만 남았으니, 죽은 사람에 대해 살아남은 것이 송구한 마음이 든다. 그 환자는 구토가 나서 건너편 끝에서 이쪽 끝까지 울릴 만큼 큰 소리로 내내 웩웩거리며 토하더니, 요 이삼 일 그 소리가 뚝 그쳐 들리지 않기에 이제 상당히 가라앉아 다행이라 여겼는데 실은 지칠 대로 지쳐 소리를 낼 기력마저 잃었다는 걸 알았다."

그 후 환자는 쉴 새 없이 들락날락했다. 내 병은 나날이 점차 나아졌다. 드디어 슬리퍼를 신고 널찍한 복도를 여기저기 산책하기 시작했다. 그때 예기치 않게 우연히 한 간병 간호사와 이야기를 나누게 되었다. 따스한 날 정오 무렵 식후 운동 삼아 수선화에 물을 갈아 주려고 세면실로 나가 수도꼭지를 틀고 있자니 그 간호사가 자신이 맡은 방의 다기를 씻으러 와서 여느 때처럼 인사를 했다. 그러고 나서 내 손에 들린 적갈색 화분과 그 안에 불룩하니 부풀어 오른 듯 보이는 구근을 잠시 바라보다가 이윽고 시선을 내 옆얼굴로 옮기고는, 요전에 입원하셨을 때보다 안색이 훨씬 좋아지셨네요, 하며 석 달 전의 나와 지금의 나를 비교해 말했다.

---

36 신불과 이 세상의 인연이 강한 날로, 이때 신사나 절을 참배하면 대단히 영험하다고 한다.

"요전이라니, 그 무렵 자네도 역시 간병하러 이곳에 와 있었나?"

　"네, 바로 옆이었어요. 한동안 ○ ○씨 방에 있었는데 모르셨을 수도 있겠네요."

　○ ○씨라면 바로 그 이상한 소리가 나던 동쪽 옆방이다. 나는 간호사를 보며 이 사람이 그때 한밤중에 환자가 부르면 "네." 하고 상냥스레 대답하며 벌떡 일어나던 여자인가 싶어 조금 놀라지 않을 수 없었다. 그렇지만 그 무렵 내 신경을 그토록 자극한 소리의 원인에 대해선 그다지 물어볼 마음도 일지 않았다. 그래서 아아 그랬었군, 하고는 적갈색 화분을 닦고 있었다. 그러자 여자가 불쑥 정색을 한 어투로 이렇게 말했다.

　"그 무렵 선생님 방에서 가끔 이상한 소리가 났었는데……."

　나는 뜻밖에 역습을 당한 사람처럼 간호사를 보았다. 간호사는 말을 계속했다.

　"매일 아침 6시쯤이면 어김없이 소리가 났던 것 같은데요."

　"아아, 그거?" 나는 생각났다는 듯 그만 큰 소리를 냈다. "그건 말이지, 오토 스트롭[37] 소리야. 매일 아침 수염을 깎는데 안전면도기를 가죽숫돌에 대고 갈았지. 지금도 그렇게 해. 거짓말 같으면 와서 봐."

　간호사는 그저 놀란 시늉을 했다. 내처서 이야기를 들어보니 ○ ○씨라는 환자는 몹시도 그 가죽숫돌 소리를 신경 쓰며, 저건 무슨 소리지? 무슨 소리지? 하고 간호사에게 물었다고 한다. 간호사가 아무래도 모르겠다고 대답하면, 옆방 사람은 상당히 회복되어 아침에 일어나자마자 운동을 하는 그 기

37　auto strop, 자동 숫돌.

계 소리가 아닐까, 부러운걸, 하며 몇 번이고 되풀이했다는 거였다.

"그건 그렇고 그쪽 방의 소리는 뭐였나?"

"그쪽 방 소리라니요?"

"자주 무를 강판에 가는 듯한 묘한 소리가 나던데?"

"아아, 그거 말이군요. 오이를 갈았어요. 환자께서 발이 화끈거려 죽겠어, 오이즙으로 좀 식혀 줘, 하시기에 제가 줄곧 갈아 드렸거든요."

"그럼 역시나 강판 소리였군."

"네."

"그렇군, 이제야 드디어 알아냈어. ── 대체 ○○씨는 무슨 병인가?"

"직장암이에요."

"그럼 아주 어렵겠는걸."

"네, 벌써 오래전에 여길 퇴원하시고 얼마 안 되었지요, 돌아가신 건."

나는 말없이 내 방으로 돌아왔다. 그리고 오이 가는 소리로 타인을 애태우며 죽은 남자와 가죽숫돌 소리로 상대를 부러워하게 하며 회복된 사람의 차이를 마음속으로 생각했다.

백 년 만에 만나는 나쓰메 소세키

"백 년, 내 무덤 곁에 앉아 기다려 주세요. 꼭 만나러 올 테니."
—『열흘 밤의 꿈』에서

얼마 전 흥미로운 신문 기사 하나가 시선을 끌었다. '소세키 안드로이드(인간형 로봇)'를 제작한다는 것. 일본의 문호 나쓰메 소세키(1867~1916)가 사후 백 년 만에 부활하는 것일까.

기사 내용을 요약하면 다음과 같다. 소세키 안드로이드는 의자에 앉아 있는 나쓰메 소세키의 형상으로, 약 130센티미터 높이에 약 60킬로그램의 무게로 제작된다. 작가의 얼굴을 입체감 있게 재현하기 위해 아사히 신문사가 소장하고 있는 나쓰메 소세키의 데스마스크를 삼차원 스캔했으며 사진 자료도 활용됐다. 소세키 안드로이드의 음성은 만화가로 활동하는 나쓰메 소세키의 손자 나쓰메 후사노스케(夏目房之介) 씨의 음소(音素)를 토대로 만든다. 소세키 안드로이드는 내장된 프로그램에 따라 간단한 회화를 하거나 낭독을 하는 등 제한적인 임무만 수행하기 때문에 인공 지능(AI) 로봇과는 구분되며, 작가의 기일인 올해 12월 9일 무렵에 완성하는 것을 목표로 진행 중이다.[38]

흔히 '국민 작가'라는 수식어가 붙을 정도로 일본 근대 문학사에서 독보적인 위상을 확립한 나쓰메 소세키. 하지만 실제로 그의 창작 활동 기간이 십여 년 정도에 불과하다는 사실을 알고 나면 적잖이 놀라지 않을 수 없다.

도쿄 제국 대학에서 영문학을 전공한 소세키는 일본 문부성의 명령에 따라 이 년간(1900~1902) 영국 유학을 체험했다. 그의 탄생은 메이지 시대(1868~1912)의 시작과 거의 맞물려 있으며 20세기의 개막과 더불어 당대를 대표하는 지식인의 도정을 걷게 된 셈이다. 런던에서 체류하는 동안 소세키는 서양과 일본의 격차를 확인하면서 근대 문명에 대한 비판과 성찰적 시각을 키울 수 있었다. 한편 하숙집에 칩거하며 문학서 집필에 몰두했는데 이때 극심한 신경 쇠약 탓에 일본에서는 '소세키가 미쳤다.'라는 소문이 퍼지기도 했다. 먼 이국의 낯선 문화 속에서 겪어야 했던 우울과 소외감, 심리적 불안, 고독의 흔적은 『그 후』, 『행인』, 『마음』 등의 작품 속에 그려진 작가의 분신과도 같은 인물들을 통해 그대로 표출된다.

귀국하고 난 뒤, 다망한 교직 생활과 소설 창작을 동시에 병행해야 하는 데에 고충을 느끼던 소세키가 아사히 신문사로부터 전속 작가 초빙을 받아들여 입사한 것은, 작가 나이 마흔 때에 이뤄진 결단이었다. 그가 누구나 선망하며 오르고 싶어 하는 자리를 박차고 나와 '문사의 길'을 선택한 까닭은 무

---

38 《연합뉴스》, '日 문호 나쓰메 소세키, 사후 100년 만에 로봇으로 재현된다.', 2016. 6. 7.

엇일까. 대학이라는 울타리에서 벗어나 비로소 자유로운 글쓰기가 가능해진 이때의 기분을 소세키는 "갑자기 등짝이 가벼워지고 폐에는 미증유의 엄청난 공기가 들어왔다."(「입사의 말」)라고 썼다. 여러 이유가 있겠으나 아마도 나쓰메 소세키는 천성적으로 교육 현장보다 예술 창작에 한층 흥미를 느끼고 여기에 뜻을 두었다고 볼 수 있을 것이다.

『나는 고양이로소이다』, 『도련님』, 『풀베개』 같은 작품에 쏟아진 호평에 힘입어 신문사 입사 무렵에 벌써 신진 작가로서 인정받기 시작한 소세키는, 입사 후에 발표한 첫 작품 『우미인초』를 비롯해 『산시로』, 『그 후』, 『문』, 『춘분 무렵까지』, 『행인』, 『마음』 등 문학사에 길이 남을 명작들을 숨 가쁘게 세상에 내놓았다.

이렇듯 작가로서 확실한 입지를 다져 가던 와중에, 소세키는 지병인 위궤양으로 인하여 병원 출입이 잦아진다. 1910년에는 전지 요양을 위해 떠난 슈젠지(修善寺) 온천에서 병세가 악화되어 심한 토혈을 하며 위독한 상태에 빠지기도 했다. 그 후 재발한 위궤양과 신경 쇠약에 시달리면서 소설 『행인』의 연재가 일시적으로 중단된 적도 있다.

수필집 『유리문 안에서』를 쓸 즈음, 소세키가 처해 있던 입지는 세간의 이목을 받으며 화려하게 신문사에 입사한 출세 작가의 모습과는 대조적이다. 평론가 에토 준(江藤淳)의 표현을 빌리면, 이때의 소세키는 "병치레가 잦은 내리막길의 소설가"에 지나지 않았다. 자신이 이제부터 시작할 신문 연재가 더없이 바쁘게 살아가는 사람들에게 공연히 시시한 문장으로 보일 것을 염려하는 대목은 대작가 소세키의 또 다른 면모를 엿보게 한다.

『유리문 안에서』는 1915년 1월 13일부터 2월 23일까지, 도중에 생긴 사흘 동안의 공백을 제외하면 모두 서른아홉 차례에 걸쳐 《아사히 신문》에 연재되었다. 실제 집필은 1월 4일부터 2월 14일까지 이루어졌으니 「작가의 생활」에서 언급한 대로 거의 '하루에 일 회분'의 속도로 썼음을 알 수 있다. 소설 『마음』과 『한눈팔기』 사이에 위치한 『유리문 안에서』는 소세키의 마지막 수필집인 동시에, 발표하고 나서 그 이듬해에 작가가 타계했으니 소세키 만년(晩年)의 사색과 내면 풍경을 만날 수 있는 작품이기도 하다.

"감기에 걸려 바깥출입을 거의 하지 않고" 매일 유리문 안에서만 "앉았다 누웠다 하며 하루하루를 보내고" 있는 작가. 제목의 '유리문'은 작은 개인과 드넓은 사회를 격리하는 것에 대한 은유이며, 더불어 일본 전통의 장지문이 아니라는 점에서 근대적 요소를 지니고 있다.

작가는 수필집 전반부에선 신변의 사소한 사건들로부터 출발하여, 유리문을 통해 들어오는 다양한 방문객들이 들려주는 이야기를 듣고 그들의 행동을 유심히 관찰한다. 그리고 이들과의 만남을 연결 고리로, 작가는 자연스럽게 세상과 소통하는 나름의 방식과 사유하는 모습을 담백하게 드러낸다.

사실 이 연작 수필집엔 특정한 주제가 없다. 소세키는 첫회에서 직접 "자신 이외에 그다지 관계없는 시시한 이야기"를 쓰겠다고 밝히는데, 그럼에도 불구하고 두드러지는 몇 가지 주제들로는 죽음, 기억, 시간, 마음 등을 꼽을 수 있지 않을까 싶다.

집에서 키우던 개 '헥토르'의 죽음 그리고 친척과 지인의 죽음. '죽음은 삶보다 고귀하다.'라는 평소의 생각과 달리, 작가는 생의 막다른 골목에 처한 타인의 고통 앞에서 어쩔 수 없이 "죽지 말고 살아 계세요."라는 말을 건네며 "모든 걸 치유하는 시간의 흐름에 따르라."라고 조언한다. 시간이 상처를 서서히 치유해 주리라는 바람. 오늘날 유행어가 되다시피 한 '치유하다.'라는 단어를, 이미 나쓰메 소세키가 현재의 의미 그대로 사용했다는 데에서 그의 현대성을 발견할 수 있다.

『유리문 안에서』의 후반부에는 작가의 기억 밑바닥에 가라앉은 체험이나 회상이 그려진다. 늦둥이로 태어나 양자로 보내진 유년 시절과 어머니에 대한 추억은 쓸쓸하면서도 고즈넉하고, 또 환하다. 소세키는 이 수필집 이후에, 그의 유일한 자전적 작품으로 일컬어지는 『한눈팔기』를 연재하기 시작했다.

———

이번 나쓰메 소세키의 수필집에는 『유리문 안에서』 외에도 「입사의 말」, 「작가의 생활」, 「이상한 소리」 세 편을 함께 실었다. 소설과 달리 수필이라는 장르가 지닌 유연한 힘에 기대어 작가의 진솔하고 인간적인 면모에 한 걸음 더 다가갈 수 있는 기회가 됐으면 좋겠다. 특히 죽음에 대한 소세키의 실감과 사유는, 작가 자신이 생존을 위협받을 정도의 지병을 앓았다는 사실을 상기해 볼 때 한층 묵직하게 전달된다.

일본 근대를 대표하는 지성인이자 문필가인 나쓰메 소세키. 한때 일본 천 엔 지폐의 도안으로 그의 초상이 사용된 적이 있어 널리 알려진 작가의 표정은 더없이 근엄하고 까다로운 인상을 풍긴다. 그리고 그의 문장에는 고뇌하는 지식인의 불안감이 짙게 묻어 있다. 그런가 하면 세상사에 대한 독자적인 인식을 특유의 유머러스한 감각으로 여유롭게 풀어낸다.

소세키 안드로이드는 지금의 독자들에게 과연 어떤 반향을 불러일으킬까. 백 년이 지나도록 끊임없이 새로운 각도에서 동시대가 떠안은 문제를 날카롭게 제기하는 '소세키 문학' 읽기가 이 수필집을 계기로 좀 더 풍성해지기를 바란다.

2016년 가을

유숙자

옮긴이
유숙자

계명대학교 일어일문학과 및 같은 과 대학원을 졸업하고,
일본 도쿄 대학교 대학원 인문사회계 연구과(일어일문학 전공)
에서 연구 과정을 마쳤다. 고려대학교 대학원 국어국문학과에서
비교 문학으로 박사 학위를 받았으며, 현재 고려대학교
한국어센터 강사로 있다. 지은 책으로 『재일 한국인 문학
연구』가 있으며, 옮긴 책으로는 『설국』, 『깊은 강』, 『만년』,
『행인』, 『손바닥소설』, 『새싹 뽑기, 어린 짐승 쏘기』 등이 있다.

유리문
안에서

1판 1쇄 펴냄 2016년 12월 9일
1판 6쇄 펴냄 2022년 1월 10일

지은이 나쓰메 소세키
옮긴이 유숙자
발행인 박근섭, 박상준
펴낸곳 (주)민음사

출판등록 1966. 5. 19. 제16-490호
서울특별시 강남구 도산대로1길 62(신사동)
강남출판문화센터 5층 06027
대표전화 02-515-2000 팩시밀리 02-515-2007
www.minumsa.com

ISBN 978 89 374 2909 5 04800
ISBN 978 89 374 2900 2 (세트)

쏜살 순박한 마음 귀스타브 플로베르 | 유호식 옮김
남자는 쇼핑을 좋아해 무라카미 류 | 권남희 옮김
프라하로 여행하는 모차르트 에두아르트 뫼리케 | 박광자 옮김
페터 카멘친트 헤르만 헤세 | 원당희 옮김
권태 이상 | 권영민 책임 편집
반도덕주의자 앙드레 지드 | 동성식 옮김
법 앞에서 프란츠 카프카 | 전영애 옮김
이것은 시를 위한 강의가 아니다 E. E. 커밍스 | 김유곤 옮김
엄마는 페미니스트 치마만다 응고지 아디치에 | 황가한 옮김
걸어도 걸어도 고레에다 히로카즈 | 박명진 옮김
태풍이 지나가고 고레에다 히로카즈 · 사노 아키라 | 박명진 옮김
조르바를 위하여 김욱동
달빛 속을 걷다 헨리 데이비드 소로 | 조애리 옮김
죽음을 이기는 독서 클라이브 제임스 | 김민수 옮김
꾸밈없는 인생의 그림 페터 알텐베르크 | 이미선 옮김
회색 노트 로제 마르탱 뒤 가르 | 정지영 옮김
참깨와 백합 그리고 독서에 관하여 존 러스킨 · 마르셀 프루스트 | 유정화 · 이봉지 옮김
순례자 매 글렌웨이 웨스콧 | 정지현 옮김
마르그리트 뒤라스의 글 마르그리트 뒤라스 | 윤진 옮김
너는 갔어야 했다 다니엘 켈만 | 임정희 옮김
무용수와 몸 알프레트 되블린 | 신동화 옮김
호주머니 속의 축제 어니스트 헤밍웨이 | 안정효 옮김
밤을 열다 폴 모랑 | 임명주 옮김
밤을 닫다 폴 모랑 | 문경자 옮김
책 대 담배 조지 오웰 | 강문순 옮김
세 여인 로베르트 무질 | 강명구 옮김
시민 불복종 헨리 데이비드 소로 | 조애리 옮김
헛간, 불태우다 윌리엄 포크너 | 김욱동 옮김
현대 생활의 발견 오노레 드 발자크 | 고봉만 · 박아르마 옮김
나의 20세기 저녁과 작은 전환점들 가즈오 이시구로 | 김남주 옮김
장식과 범죄 아돌프 로스 | 이미선 옮김
개를 키웠다 그리고 고양이도 카렐 차페크 | 김선형 옮김
정원 가꾸는 사람의 열두 달 카렐 차페크 | 김선형 옮김
죽은 나무를 위한 애도 헤르만 헤세 | 송지연 옮김